OS, OITO MARIDOS DE DONA LUÍZA MICHAELA DA CRUZ

Adelino Timóteo

Os oito maridos de Dona Luíza Michaela da Cruz
Copyright © 2016 Adelino Timóteo
Published in agreement with Alcance Editores

DGLAB
DIREÇÃO-GERAL DO LIVRO,
DOS ARQUIVOS E DAS BIBLIOTECAS

Edição apoiada pela DGLAB -
Direção-Geral do Livro, dos Arquivos e das Bibliotecas

A pedido do autor, o uso do português foi mantido tal qual na edição original moçambicana.

Edição: Felipe Damorim e Leonardo Garzaro
Assistente Editorial: Leticia Rodrigues
Arte: Vinicius Oliveira e Silvia Andrade
Revisão: Aurélio Rocha e Lígia Garzaro
Preparação: Ana Helena Oliveira
Imagem de capa: Malangatana

Conselho Editorial:
Felipe Damorim, Leonardo Garzaro, Lígia Garzaro,
Vinicius Oliveira e Ana Helena Oliveira.

Dados Internacionais de Catalogação na Publicação (CIP)
(Câmara Brasileira do Livro, SP, Brasil)

T5850
  Timóteo, Adelino
    Os oito maridos de dona Michaela da Cruz / Adelino Timóteo. – Santo André - SP: Rua do Sabão, 2023.
    280 p.; 14 X 21 cm
    ISBN 978-65-81462-21-5
    1. Romance. 2. Literatura em língua portuguesa. I. Timóteo, Adelino. II. Título.

CDD A869.93

Índice para catálogo sistemático
I. Romance : Literatura em língua portuguesa
Elaborada por Bibliotecária Janaina Ramos – CRB-8/9166

[2023] Todos os direitos desta edição reservados à:
Editora Rua do Sabão
Rua da Fonte, 275 sala 62B - 09040-270 - Santo André, SP.

www.editoraruadosabao.com.br
facebook.com/editoraruadosabao
instagram.com/editoraruadosabao
twitter.com/edit_ruadosabao
youtube.com/editoraruadosabao
pinterest.com/editorarua
tiktok.com/@editoraruadosabao

OS OITO MARIDOS DE DONA LUÍZA MICHAELA DA CRUZ

Adelino Timóteo

Quando Livingstone desembarcou no Prazo do Goengue, no comando da sua pequena canhoeira,[1] encontrou no cais daquele lugar uma mulata voluptuosa, de olhos vivos. Era uma manhã solarenga. Soprava um vento suave. A Mulher usava cabelos delicados como fios, argolas de ouro nos pulsos e tornozelos. O nome dela: Dona Luísa Michaela Rita da Cruz. Portadora de uma beleza incrível, monumental, sem par, entre as *donas* que governaram as emersas terras *prazeiras*.[2] Demais a mais tão singular e que o viria a cativar ao tempo em que ele aí assentou arraiais.[3]

A escassos dias de morrer, Livingstone enviou a um editor o manuscrito do romance, onde ele conta as proezas e as façanhas desta mulher. Devido, talvez, à carnalidade dos sentimentos, o livro, que caiu negligentemente perdido e esquecido durante muitos séculos, no sótão de uma casa londrina, às mãos dos ratos, só agora pôde ser achado no meio de camadas de poeira. A obra deslinda[4] a faceta escondida do missionário protestante, agora escritor. O que se revela nos capítulos seguintes, é do punho do missionário. O narrador limitar-se-á apenas a transcrevê-lo.

---

1 Pequeno navio armado de artilharia de calibre reduzido.

2 Em meados do século XVII, o governo português decide que as terras ocupadas por portugueses em Moçambique pertenciam à coroa e estes passavam a ter o dever de arrendá-las a *prazos* que eram definidos por 3 gerações e transmitidos por via feminina. Os Prazos da Coroa foram uma das formas que tomou a colonização portuguesa de Moçambique.

3 Estabelecer-se, fixar-se.

4 Tornar compreensível (o que era misterioso, complicado, etc.); esclarecer.

1

No dia em que as tropas do Bonga mataram o Inominado, nome com que Dona Luísa Michaela Rita da Cruz baptizou o filho, ninguém pôde ter entendido a razão por que tiraram desalmadamente a vida a um inocente menor, ademais jogando-o aos crocodilos, que a própria progenitora andava a criar havia décadas, sóis e luas. Eu acabara de desembarcar pela primeira vez naquelas terras, pertença da infortunada, no dia daquela desgraça, de modo que a turba de *cafres*, nome com que os árabes baptizavam os não muçulmanos, que se encontrava na plataforma do cais do Rio Zambeze, em Goengue, veio ter comigo, transmitindo-me certa convicção de que me vinham ajudar a desembarcar. Mas ali estavam desesperados, sem forças, sem saberem o que fazer, acreditando desafortunadamente que as rezas de um missionário branco, intercedendo aos céus, ainda podiam devolver a vida ao menor, sujeitando os crocodilos a vomitarem por inteiro aquilo que tomaram em frangalhos para os seus buchos.

Não sei por quê, a chusma[5] dos negros poderia acreditar que a fé do homem branco é superior à sua; nem sei por que razão mantinham essa forte convicção, que os levou a arrastarem-me pelos trilhos daquele prazo, governado por uma

---

5 Grupo de pessoas que fazem parte daquela que é considerada a camada mais baixa da sociedade.

mulher vistosa, de olhos vivos escarlates, que tinha sob o seu comando mais de dois mil guerreiros e nada fizeram para impedir aquela desgraça.
— Missionário, está a Dona Luísa fechada na Casa-grande a chorar — informaram-me. — Do jeito copioso que chora ainda se pode afogar nas próprias lágrimas. — Advertiram-me muito prudentemente e com compaixão. Montado na rede, deixei-me transportar na *manchila* como passageiro, sem obrigação nenhuma de pagar nenhum tostão àquelas almas penadas, a braços com a dificuldade de me levarem por aquele terreno inacessível. Enquanto os *mascates* me levavam, percorrendo os trilhos com destreza por aqueles carreiros[6] poeirentos, cujo chão era de areia siliciosa fina e seca, da cor de um delirante açafrão, os negros, altos, de peitos e ombros largos, em número de quatro, iam-me contando o episódio. O que o moço de recados e *língua* da Dona Luísa, um negro, João Abundâncio, de cabelos crespos, muito traquinas, muito bom falante de inglês, trocava-me em miúdos.[7] Era este oficial de larga e distinta folha de serviços, senhor de perfeita caligrafia. Simpático à causa inglesa, Abundâncio serviu-se de intérprete e escriba na correspondência que eu e Dona Luísa previamente trocáramos, onde nos aconselhava, como Corôa inglesa, a anexar toda a província de Manica e Tete a parcelas vizinhas convertidas em terras do Reino Unido.

---

6 Caminho estreito.

7 Que dedica uma grande atenção aos pormenores, minucioso.

A estiagem era horrorosa. Durante mais de meia hora daquela abrasadora tarde, aqueles negros de pés descalços levaram-me pela terra adentro, de uma vegetação seca, pobre de verde, com muitos pedregulhos, sem nunca estugarem[8] o passo, fazendo apenas os turnos e revezando-se entre eles, para conterem os jactos de suor, que beijado pelo sol brilhava como a prata. No conforto da rede, pude ouvi-los falarem ruidosamente na sua língua, com expressões graves com que caracterizavam os seus rostos. Desconfiei, por um pouco, que me estivessem a transportar para armar alguma cilada nas suas sanzalas, já que por suspeita do que andávamos a conjecturar contra os portugueses, e de sobreaviso, eu deixara os meus súbditos ingleses ao largo do rio e no barco ancorado no cais.

    Subimos e descemos pelos pedregulhos esparsos no nosso caminho, quando, de súbito, estávamos diante da Casa-grande, avarandada, com muitas janelas, ao estilo indo-português, como é marcadamente comum nestas paragens, nas casas das *donas* e escravocratas destes lugares. Era ajardinada com relva verde bem aparada, beijos-de-mulata, buganvílias, avelós e palmeiras. E a paisagem que ficara para trás não era para esquecer. Recordava-me, e ainda mais intensamente, do píncaro[9] da Nhamarongo, à sombra do qual descansamos minutos antes de continuarmos o caminho pela marginal do rio.

---
8 Apressar (o passo).

9 Ponto mais elevado de montanha ou monte.

Descemos uma encosta suave, mas de péssimo piso, formada por pedra miúda angulosa e solta. Pouco abaixo da ilha Carmanamano, e junto ao rio, topamos com uma pequena planície denominada Timba, que é propriamente um oásis habitável no meio dos caprichosos penhascos. Lá para o Este, há um vale cujo canal se faz para o Zambeze por dois pequenos sulcos insignificantes. Levanta-se o terreno suavemente até à margem do rio Lupata, formando aí um pequeno planalto de pouca largura, cortado quase a prumo, a uma altitude de uns vinte e cinco metros da água. Aqui, entre árvores de um verde inexpugnável, estava a Casa-grande ou *aringa*, nome que era também atribuído à tranqueira, a paliçada[10] protectora da Dona Luísa.

O acesso à Casa-grande fazia-se por uma majestosa escadaria de oitenta degraus, contados de alto a baixo. O que a transformava numa espécie de templo, já que lá em cima, à entrada das portas que se abriam de par em par, me aguardava aquela mulata, vestida com imponentes roupas, muito garridas[11] e com um sem-número de madrepérolas ao pescoço, pequenas pulseiras nas mãos e argolas nos tornozelos. De nariz arrebitado e lábios côncavos, Dona Luísa (a grafia tanto faz se for Luíza) ali estava, qual elegante mulheraço, que me fez esquecer instantaneamente da minha Maria, a mãe da minha prole de três filhos, na Inglaterra, pelo que senti

---
10 Local cercado de estacas, terreno fechado.
11 Roupas com muitos enfeites.

uma pressão no pé do ventre, sinal de que era uma Mulher forte, (utilizo aqui o M maiúscula para conferir e condizer com as suas sublimes qualidades femininas), cujo corpo só os homens de boa cepa portuguesa poderiam usufruir.

Quando eu subia aquela escadaria, cumprimentei o negro da porta e não fui capaz de supor que, depois de muito tempo, pela primeira vez eu iria estar diante de uma Mulher. Como missionário da igreja e de rezas, tenho de confessar: antes de vê-la já eu pecara a pensar na sua esbelteza. A feminilidade da Dona Luíza ocupava parte das conversas dos meus súbditos, que a descreviam como o protótipo e a matriz perfeita do que devia ser uma dama na verdadeira acepção da palavra, no coração da treva africana. E tanto que, quando subia, com o coração batendo apressado e algo impassivo ou entusiasmado, tropecei por três vezes. Quando por fim atingi a varanda ornada de vasos onde floriam tulipas, não pude deixar de me surpreender com o asseio daquela parte da morada, encerada com todo o requinte. A Mulher, de personalidade bastante forte e de trato fino, murmurando entre lágrimas, procedeu como uma dama da Côrte, assomando-se até a mim e oferecendo-me a mão direita com alguma destreza para que lha beijasse. Ao que me deu um enorme gosto, embora reconheça que pela primeira vez eu estava a ser infiel para com a minha Maria. E foi ao beijá-la na mão que vi sobressaírem os diademas que trazia no dedo anelar. Iluminados pelos feixes dos raios de sol, os diademas luziram com uma intensidade tal que deixou toda a sala iluminada, como se tivessem acendido a luz. Naquele instante, recordei-me do apelido dela, pois acabava ela de me colocar no auspício da cruz, que eu iria carregar até ao fim da minha missão.

Dona Luísa, inteligente como era, apercebeu-se perfeitamente daquilo que acabara de se passar comigo, daí me perguntando se me encontrava em bom estado de saúde, ao que eu lhe respondi afirmativamente, meneando com a cabeça. Pareceu que todo o luto se tinha desbordado em cima de mim. Pareceu-me ainda que era ela que se ocupava em fazer o velório ao cupido que me acabara de perfurar o coração.

— No mundo da solidão e isolamento em que vais viver nas trevas da África, suspeito que te não irá assaltar nenhuma ideia de pecado original. — Disse-me a Maria, no dia em que dela me despedi na Escócia, convicto de que se tratava de puro recreio por este continente virgem. — O adultério é pecado capital — recordou-mo a Maria, depois de me molhar os lábios com o beijo que selou a nossa despedida. — Fica sossegada Maria. — Prometi-lhe eu, enquanto a apertava ainda contra o meu peito, não sem antes lhe sentir os seios rijos, o que levou à erupção de um rio que ela escondia entre as coxas. Estava em cima da hora e tínhamos tido uma lua de mel que durou quarenta e oito horas.

Eram estes os pensamentos que me avassalavam a mente, depois de subir a escada.

— Posso ajudar-te? — perguntou-me Dona Luíza, que, como os meus súbditos comentavam, indecorosamente, sofria da doença das entranhas. Eu assenti com a cabeça, de modo que a emoção traiçoeira não pôde fazer nada para evitar que duas grossas gotas de lágrimas se desprendessem caprichosamente dos meus olhos, rolando pelo chão. Afagou-me apertando o seu corpo contra o meu, naquela sala com cabeças de impalas, búfalos, peles de zebras e leopardos nas paredes, onde estávamos sós, naquele velório onde ela era a única pessoa fazendo vela a ela própria.

— O que se passa para haver tanta solidão no meio deste infortúnio que te abala? — Perguntei-lhe, ao que me respondeu ela que naquelas terras a morte só se consuma quando se tem presente o corpo do finado, no caso, o resultado do delito. — Missionário Livingstone, creio que quando te pedi para cá vires, já o subconsciente previra esta desgraça. — Disse-me ela. — Todavia, durante este mês, outra coisa não escutei senão o regougar da raposa, como sabes, animal de mau agouro. — Assim afirmou ela. Não lhe disse nada, enquanto ela me conduzia até à represa onde mantinha mais de cinquenta crocodilos, todos gordos e bem nutridos, na hora a fazerem a digestão, pois que tinha sido o Inominado a octogésima primeira vítima deles; o grosso, desobedientes e desafectos, tinha sido a própria Mulher a atirá-los primeiro aos anfíbios, por raiva, por ritual, contar-me-iam os portugueses do Goengue, ou por demonstração de poder, até que o jogo raiou ao contrário.

○─────○─────○

Aquela turba de *cafres* mantinha a plena convicção de que a oração do missionário branco ainda lhe podia salvar o filho das goelas dos crocodilos e levar os céus a recompor o corpo, peça a peça tal como viera ao mundo, com a sua parte vergonhosa intacta, já que me tinha contado que esta fora objecto de grande disputa e quezília[12] entre os crocodilos. Durante uma hora, os crocodilos andaram em grande pancadaria, a ver quem de entre eles era o mais forte, duelo esse que se saldara na titulação e coroação do rei, com o pénis do menor. Embora dorida,[13] mas agora sem lágrimas, Dona Luísa rezava comigo, pedindo a Deus em alto e bom som que lhe devolvesse intocável aquela desafortunada criatura.

Dona Luísa manteve o nome do irmão oculto. Eu viria a tomar conhecimento que Bonga tinha sido o autor do assassínio, motivado por ciúmes. Disso os meus súbditos haveriam de zombar, em vingança por Dona Luísa se ter relacionado com um dos escravos, numa infidelidade ao marido português, homem de boa cepa que era. De modo que aquele nascimento, de mais a mais representando um substracto da classe so-

---
12 Desentendimento, discussão; briga.
13 Dolorida, magoada; consternada.

cial mais abjecta e bárbara, representava a maior vergonha entre as senhoras *donas* dos prazos do Vale do Zambeze e da aristocracia emergente. E foi para limpar a mancha, de que se supunha o sangue de um preto na família "branca", que o homicida pegou no menor e, atando-o pelos pés e pelas mãos, atirou-o para a laguna de crocodilos. A criança inocente ainda gritou, gritou, como se isso bastasse para aterrorizar os crocodilos. Estes uniram-se com firmeza, com natural desinteresse. O miúdo chorou, enquanto a mãe, amarrada e impotente, não podia resgatá-lo. A chusma dos pretos dela, mais de mil homens armados, como ficou dito, mostrou-se impotente e resignada ante aquele acto bárbaro.

 João Abundâncio escrevera-me muitas cartas a falar desta Mulher dotada de seduções irreversíveis, baptizada pelo jesuíta Monclaio, como crente descrente, levando a religião de ânimo leve e subvertendo os dogmas do puritanismo, comportando-se com autêntica lascívia,[14] insubmissa aos mandamentos da santa madre Igreja Católica apostólica romana. Daí ser minha convicção que a dita Dona Luíza do Goengue tivesse sido baptizada a contragosto.

 Dias depois, eu haveria de recordar que Dona Luísa, dentro daquela ostentosa casa, era

---
14 Sensualidade, luxúria.

a maior solitária do mundo, embora vivesse acompanhada por guerrilheiros e eventualmente alguns dos seus tantos maridos. Não parecia aquela brava mulher, que enfrentara, dizia-se, com a sua astúcia, a acção dos portugueses na expedição final contra o Estado de Massangano. Em socorro de Massangano, constava-se, a acção dela tinha sido relevante no desbaratamento dos portugueses, o que custou à fazenda avultadas[15] somas, a Portugal o sacrifício inútil de tão preciosas vidas perecidas e ao ego nacional tão espantosas vergonhas e humilhações. Ainda que se falasse da sua pendência para o lado da monarquia, algumas correntes não menosprezavam que a sua actuação tinha sido muito mais prejudicial do que útil. Os seus guerrilheiros, no lugar de se mostrarem como ela, hipoteticamente sensíveis pelas perdas, ainda zombavam dos frustrados esforços dos portugueses, talvez julgando, aos meus olhos e ouvidos, que eu seria um cidadão português. Nalguns momentos pude entender que também me menosprezavam, como impunes a qualquer investida da autoridade do governo de Portugal. Estes episódios não me fizeram esquecer que, com a ausência de Belchior, o seu marido ao tempo do infortúnio, a Mulher era a mais solitária à face da terra, do jeito como chorava e enchia baldes e jerricãs[16] de lágrimas, capazes de mitigarem a seca nas terras que circundavam a sua *aringa*.

---

15 Volumosas, grandes.

16 Recipiente portátil para armazenamento ou transporte de líquidos, geralmente de plástico ou metal.

Por àquela altura, enquanto ingeria *pombe*,[17] a espumar pelos cantos da boca, Bonga gozava da aragem[18] fresca e do verde úbere da paisagem, em Inhaquasi. Esbaforido, acusava a irmã de grande cabra, prostituta e indecente, apenas porque ousara dormir com um preto. O tom forte do seu desabafo escutava-se a centenas de quilómetros dali, muito para o interior, bem a montante da velha *aringa* de Ancuase. O eco propagava-se até para o interior de Chivuri, Sangura e Báruè, abrangendo todo o curso do rio Muira, terras das suas possessões e domínios.

Devo deixar dito que a "sagrada" família Cruz era feita de rebeldes. Tinha umas terras relativamente fertilíssimas, quando comparadas com os demais prazos de Tete. E nem isto os satisfazia, pois praticavam razias[19] e saques. Todavia, Bonga, que era malvado, além de Inhaquasi, tinha, um pouco abaixo da confluência do Inhamacombe, uma outra *aringa* que desanexara ao célebre Fukisa, depois da guerra de 1887. Continuando a descer, e ainda na margem esquerda, possuía ainda outra *aringa* que foi do Chimolamba. Mais abaixo, do lado direito, também contava como mais uma tranqueira no sítio de Inhacafura, por este mesmo rebelde tomada na guerra passada. Bonga ainda sonhava am-

---
17 Bebida alcoólica, típica do Vale do Zambeze, obtida por destilação de resíduos de cereais, frutos ou raízes.

18 Vento leve; brisa.

19 Vandalismo, depredação.

pliar as suas concessões. A jusante[20] de Lupata, mesmo na garganta das rochas, encontra-se a *aringa* Mafunda, que foi do rebelde Mochenga, morto pelo Bonga no princípio da guerra das razias. Finalmente, na foz do Muira, sempre do lado direito, no território denominado Tembué, estava a *aringa* que foi do rebelde Gande e onde maiores depredações do Bonga se fizeram sentir, atacando e roubando os comboios de embarcações que subiam o rio.

Enquanto o Bonga roubava indisfarçadamente as embarcações, Dona Luísa tinha a sua arte e subtil forma de saqueá-las, pois a segurança dela estava a cargo do Belchior, de quem se dizia, à boca cheia, ser o comandante dos seus sipaios,[21] mas cuja autoridade era aparente, porque a ela se arregimentava. Mais do que falar destes assuntos sinistros, melhor serviço prestaria às minhas memórias dedicando os próximos capítulos à figura ingénua e chocarreira do Belchior.

Era alto, de estatura franzina, descarnado, simpático, mulherengo, ardiloso e insinuante. Natural do Ribatejo, conservava um suave sotaque imperial, que se lhe tornava gracioso, mesmo quando queria passar por cafreal.[22]

---

20 Para o lado da foz.
21 Nas antigas colônias portuguesas, indígena recrutado como membro subalterno das forças policiais ou militares.
22 Selvagem.

No capítulo seguinte, a matemática coloca-se ao trabalho da protagonista, que depois de esmorecer por vários polígonos amorosos, lança-se num paralelepípedo amoroso com os outros "maridos" diante das barbas do esposo cego e subserviente, que ainda assim acredita piamente na lealdade e na língua doce da Mulher.

2

Quando naquele ano subi o rio Zambeze até ao Goengue, no comando da pequena canhoeira, embarcação de rodas, de fundo chato e de ferro, calando quatro pés e armada com uma peça raiada de bronze e com uma calha de foguetes, foi nessa ocasião que conheci o Belchior. Era militar e trabalhava arduamente. Procurava então cumprir a missão de que o haviam incumbido, de acabar com o Estado dos Bongas. Depois, passou à disponibilidade e, mais tarde, já cego, Belchior não quis regressar à origem. Cá se manteve desafortunadamente na posição de hipotético colaborador das expedições militares coloniais e como capitão-mor do Goengue. Como tantos outros reinóis[23] que para aqui dimanavam para se enricarem, Belchior acabou pobre e falido. Uma única vez ele foi ciumento. Quando abandonou as tropas que dirigia, no campo da batalha, veio para casa pensando encontrar a mulher em pleno adultério; não a tendo achado, regressou estoica e heroicamente ao fogo que ardia em círculo. Não era homem que se pudesse dizer atraente. Conheceu Dona Luísa ao tempo em que esta andava obcecada com a protecção do seu prazo e, ao mesmo tempo, com o casamento com um reinol.

Dona Luísa, de quem se dizia ser delinquente por tendência, gozava da protecção especial de

---

[23] Próprio do reino. A pessoa natural do reino.

Belchior. A presença deste só a ajudou a reforçar militarmente. Tornou-se ela uma pedra no sapato de Portugal, que por assumida fraqueza esteve longe de controlar aquela conhecida, quanto mais impune, saqueadora dos comboios fluviais, que seguiam pelo rio Zambeze acima, carregados de mantimentos e munições. Como a não podia vencer, Portugal a ela se aliaria mais tarde. Disso ela tiraria partido, embora de forma muito subtil. A sua astúcia ganharia espaço de manobra.

Naqueles tempos, os tráfegos dos comboios entre a *aringa* de Dona Luísa e o Massangano duravam treze horas. Quando finalmente abrandaram as razias, reduzir-se-iam a quatro horas.

Belchior foi o primeiro homem branco a quem vi portar-se de forma servil para com uma bárbara.

Entretanto, discorrendo ainda sobre a morte do Inominado de Dona Michaela da Cruz, recordo-me que mal terminou o velório, às cinco horas da manhã seguinte, deixei Goengue. Às quatro da tarde do dia seguinte atracava no British Chinde. Por contraposição ao Chinde Português, era aquele um protectorado inglês na Província de Moçambique, mais a benefício do comércio e do livre acesso ao Zambeze.

Regressei sem entender o mistério por detrás daquela morte. Dona Luísa não me quis desfiar o fio do novelo, mas quando íamos a caminho do cais, João Abundâncio contou-me que era normal e corriqueiro a Mulher manter certa reserva a falar dela mesmo. Mas costumava lançar-se em escapadelas, muito antes da cegueira do marido.

Nas noites de lua cheia, costumava ela convidar os colonos do Goengue, para serões na sua *aringa*. Brindava-os com o *tam-tam*, o rufar dos batuques. Contava com a orquestra dos seus hábeis escravos e servos, de corpos esculturais. Como anfitriã espantava deste modo os fantasmas do vazio das noites monótonas. Através daquelas companhias que a levavam até ao raiar do sol, sorteava homens. Era com eles que preenchia os triângulos amorosos.

A solidão sempre fora a sua enfermidade. Na ausência ou presença do Belchior. Diga-se que os batuques propiciavam os seus contubérnios.[24] Eram esses também o meio de entrada para quem pretendesse chegar à intimidade da *aringa* dela. Depois que Belchior cegou completamente, Dona Luíza passou a fazer as coisas às claras, debaixo das barbas dele.

No quintal de trás onde estava a laguna, havia uma frondosa árvore, um embondeiro, em cuja copa Belchior gostava de sentar-se. E nisto Dona Luísa o ia entretendo, até que ele ganhasse a paz do sono. Com o João Fazbem, escravo pé--descalço, de mediana estatura, delgado, lábios grossos, nariz chato, rosto comprido, devidamente escolhido, subia a escadaria, a três metros acima do solo, e lá passava os seus mais fabulo-

---

24 Estado de quem vive maritalmente, sem estar casado; concubinato. União conjugal entre escravos ou entre escravo e pessoa livre.

sos momentos de prazer. Muitas vezes Belchior lá ficava. No conforto de uma espreguiçadeira, conversava com um pássaro canário. Foi no meio dessas furtivas escapadelas que ela engravidou. Durante muitos meses da gravidez, Belchior não foi capaz de se aperceber de que a mulher lhe punha olho negro. E tal foi que ninguém o alertou. Mas tarde, saber-se-ia que aquilo que ele confundia com a bunda da mulher era um feto em gestação. Mas era preciso que ela parisse. Caiu numa grande depressão. Pelo que saiu da Casa-grande, sem voltar, durante muitos dias, talvez meses, ou senão, anos. O coração destroçado. Pensava no divórcio. Aquela mulher com quem ele viveu dez anos em plena lua de mel se transformara. Será que ainda a amava? Pelos quilombos por onde andou disseram-lhe que Dona Luíza era um homem muito viril, e ele, uma mulher de coração brando na vida dela. Que esperasse. Dona Luíza ainda ia a tempo de constituir o seu harém.

○───○───○

A relação de Dona Luísa com o escravo Fazbem era o de um amor perverso, segundo se dizia à boca cheia, nos quilombos mais hostis, onde Dona Luísa era retratada como a mais vulgar e abjecta das mulheres e nunca como uma fêmea digna desse nome. As más-línguas foram ao extremo de a equipararem a uma cadela, ser de quatro patas, qualidade essa que naquelas terras se atribuía a mulheres ninfomaníacas e insensatas.

Centenas de escravos e escravas lavadeiras que estavam ao serviço da Dona Luísa falavam dela até ao pormenor mais grotesco, como se remexessem nas roupas interiores dela. Como se decantassem algo que buscavam: buracos nas suas lingeries rendados ou sutiãs. Por isso, desde que se interessasse, o morador comum de Goengue podia conhecer a vida íntima dela. Podia conhecer-lhe o astral alto e baixo, a disposição alegre ou triste, até as suas homéricas zangas. Fervia com facilidade, quando as coxas fossem tomadas pelas vísceras ensanguentadas do menstruo. Armava discussões. Factos que se tornaram conhecidíssimos dos habitantes de Goengue. Da pequena comunidade de *mocoques*, como por estas terras são denominados os goeses, além dos portugueses e dos negros das *aringa*s e dos prazos. O que era digerido ao pormenor. Até ao esfrangalho. Como um alimento capaz de satisfazer almas esfomeadas.

 Durante nove meses em que ela esteve grávida, todo o prazo de Goengue tinha certa expectação pela lua, que desta feita parecia ter renunciado a infertilidade da senhora *dona* daquelas terras e escravos, pois Prudência Espírito Santo, a abnegada ama que a banhava, a penteava e a hidratava com óleo de rícino, parecia ter prescindido dessa forma de evocação. Para trás parecia ter ficado o costume que levava Prudência a jogar ao rio Zambeze os dejectos com que a senhora se limpava, tingindo a água de vermelho. O que se mantinha durante sete dias, sete noites, tempo em que os batuques, um a seguir ao outro, não paravam de ressoar, tratando de difundir a mensagem, que os *mutumes*, nome que tomavam os mensageiros por aquelas paragens, multiplicavam, pondo o infortúnio ao corrente dos súbditos e dos *mambos*. Os régulos[25] espalhados por aquelas vastas terras, como se de uma calamidade se tratasse, voltariam a bendizer os antepassados. Durante os referidos dias em que o vermelho cobria o Rio, a *muzunga*, designação para branca e pessoa superior, não saía da sua alcova, se bem que padecia de frustração que a deixava encolerizada, e a despeito de qualquer incidente, ameaçava os servos com o jogá-los à laguna dos crocodilos, operações essas, quando consumadas, executadas pelo perverso, também corajoso, Rapozo. E se este demorasse na execução contava com outros súbditos da sua confiança: Cangarra, Tomás e Patrício.

Ao oitavo dia após o ciclo menstrual, a *muzunga* portava-se como uma cadela com cio. Fosse o que fosse, estudava pormenorizadamente o volume das braguilhas dos seus servos. O sorteio caía sempre no mais jovem, que aparentasse uma inescusável[26] fertilidade. E era quando o atraía para a sua alcova, sob inúmeros pretextos. É tal o que se passou com o Fazbem, apelido com que ela baptizou o progenitor do Inominado. Para Dona Luísa, embora Fazbem fosse a mais abjecta criatura à face da terra, era

---

25 Chefe de uma tribo considerada bárbara ou semibárbara.

26 Que não se pode dispensar.

para aquele que, adversamente, pendiam todas as suas fantasias.

Fazbem era o cozinheiro dela. Tal como o nome diz: fazia-lhe muito bem. O que ninguém previra, era que um dia ele iria fazer-se à senhora. A expectação era maior nele. Passava o tempo a queixar-se dela, em conversa com os colegas, Valdez Chuva e Pirulito Doce. Dizia o eleito que a Mulher passava o tempo a xingá-lo. Ouvia-a falar a toda a hora do seu cheiro, com escárnio e desdém. Até que ele se fartou. Estava prestes a fugir para outro prazo, que distava a oito dias e oito noites daquele lugar. Contra tal vontade, receava que fosse encontrado e atirado à laguna dos crocodilos.

— Valdez, a Dona Luísa não pára. Matabicho[27] postura, almoço postura, jantar postura. Tanta postura come-se nesta casa e na hora de defecar nada me sai pelo cu. — Queixava-se Fazbem.

— Ó Fazbem, postura é insulto para escravo aprender; recebê-lo como ordenado. Quem trabalha goza desse bônus! — Respondiam-lhe os amigos.

— Um dia vou-me escapar, trabalhar no senhor Bonga. — Ripostou Fazbem.

— Vais ver como ele te devolverá à irmã. A inimizade deles é só aparente. — Dizia Pirulito Doce.

— Não me quero ver no dia em que ela me atirará à laguna! — Disse Fazbem, estremecendo.

---
27 Café da manhã.

— Morre na laguna de crocodilos, pois só assim se saberá o que é uma morte nas mandíbulas dos crocodilos!

Foi Dona Luísa quem pôs o nome a Pirulito Doce. Pois era este um trabalhador brando. Muito oferecido. Manejável. Pirulito Doce tinha os dentes todos acastanhados e sorria, sem vergonha de os mostrar e a boca descomposta. Parecia alguém que comera merda para ter dentes da cor acaramelada. De vez em quando, só de recordar a cor da merda, Dona Luísa punha-se a rir dele.

— Pirulito Doce, você, pelos vistos, não deixa restar nada. As fossas cépticas da minha casa nunca enchem.

Pirulito Doce, de abanico[28] na mão, ria-se com gosto, devotado a um dos seus ofícios, que consistia em produzir-lhe frescura. Ele gostava de ser surrado. Ao contrário, Fazbem era rebelde. Tinha um olhar desafiante. Afrontava-a, mesmo sob as ameaças dela de pô-lo na laguna.

— Dona Luísa, a morte é só a mudança do corpo. É uma sorte que foi feita para todos: cada um à sua vez. Eu não tenho medo de me mudar de corpo — desafiava Fazbem, indiferente aos crocodilos que relaxavam na cerca.

As afinidades nascem das posições extremadas entre pessoas, seres vivos. Momentos antes daquela desgraça, Fazbem deixou a Casa-grande e foi quando fugiu para a *aringa* do Bonga, que por seu turno o devolveu à irmã. Se o esposo não se comportasse segundo o que ela

---
28 Abano pequeno.

esperava, dizia-se, Dona Luísa não tinha dificuldades para dele se livrar. Não o atirou aos crocodilos. Pelo contrário, tornou-o refém dos seus apetites. Tal era o seu procedimento para com qualquer homem altivo que ousava desafiá-la. Um dia, estava o Fazbem a limpar o quarto dela, e esta apareceu pedindo-lhe que lhe coçasse as costas, com o pretexto de que tinha sido picotada por uma vespa. Fazbem não diligenciou. Dona Luísa não pôde crer. Como é que Fazbem a podia recusar?

A noite do velório serviu-me para que ficasse a par não só da beleza, como também dos caprichos e da crueldade desta Mulher, que me chegaram ao conhecimento por capciosas revelações do Abundâncio sobre o triste destino dos seus muitos amantes e maridos. Seria verdade?
A atribulada vida de Dona Luísa não era segredo. Encontrava no seio dos escravos uma reverência devida a uma deusa, ao ponto de acreditarem na sua omnipotência e omnipresença. A Mulher era símbolo de idolatria e veneração. Era uma mostra do que uma mulher ambiciosa pode fazer quando detém o poder. Criara ela os seus mitos, com a ajuda dos *mambos*, que para levar o povo a uma obediência cega, os punha a acreditarem que Dona Luísa estava investida de poderes mágicos que a podiam transformar numa leoa, numa árvore ou em vento e chuva.

A despeito, na noite que passei na Casa-grande, causou-me certo embaraço que os escravos acreditassem que as lágrimas que ela chorara durante seis horas ininterruptas tinham enchido o Rio, levando-o a transbordar, alagando os prados, como nunca acontecera antes de todos os tempos, nem viria a repetir-se, por gerações e ciclos sucessivos, ou mesmo por todo o sempre. De tal modo era a cegueira na fé dos gentios que se acreditava que algumas vacas e cabritos que pastavam na beira daquele leito fluvial, sucumbiram, afogados, às inundações provocadas pelo seu pranto.

Ouvi os escravos falarem na madrugada daquilo que tinha sido o rescaldo do luto causado pela perda do primogénito dela, fruto daquela relação pérfida, cujas acusações e culpas impendiam à esterilidade do Belchior. Ainda que eu discordasse daquelas superstições, vi-me forçado a engolir aquelas hipérboles, criação da chusma dos *mambos*, de imaginação fértil, o que torna a África um lugar mágico, misterioso, aprazível de estar-se e viver, se é verdade que mesmo que não as busques, um indivíduo se tropeça com essas estórias dignas das mil e uma noites, de nos levarem a esquecermos todas as misérias do quotidiano. Não é que eles mas tivessem contado directamente, pois também delas me falara o Abundâncio, quando íamos de volta ao cais, onde os meus súbditos me aguardavam. Em parte, a razão porque me decidi a condensá-las neste opúsculo.²⁹ Estórias com que me fui exercitando na minha nobre tarefa sazonal de recontar, sem nenhumas veleidades³⁰ literárias.

Enquanto me levavam para o cais, ouvi os *machileiros* falarem tão ruidosamente, como o tinham feito durante toda a noite, à volta do lume,³¹ no átrio da Casa-grande, ocupado por dezenas de choças de guardas e escravos.

Uma das coisas que mais me impressiona em África são essas *banjas*, na língua cafreal reuniões, que se prolongam pelas noites adentro, envoltas num halo misterioso, quando do fundo das trevas nos chegam o rugir das feras, o cio das hienas, o latir dos cães selvagens, vulgo *mbinzes* ou *mabecos*. Era notório um elevado esforço daqueles pretos, tentando conterem, em vão, a galhofa. Ouvi-os tentando baixar o tom das suas vozes, mas o sarcasmo e a paródia eram tão fortes que eles se contagiavam ao riso. E talvez, sem quererem, de repente, uma algazarra e uma roliça gargalhada, que se escapava da boca de um, contagiava todos. Rapidamente a abafavam, reprimindo o sorriso à solta, como é apanágio³² dos bons costumes *bantus* e que fere a compostura dos brancos.

Abundâncio, que era um moço de recados, em tudo profissional como os bons tradutores,

---
29 Livro de poucas folhas.
30 Indício de presunção ou de vaidade.
31 Fogo; fogueira.
32 Característica; atributo.

não parou a noite toda. Trocava em miúdos tudo o que acontecia cá dentro e lá fora da *aringa* de Dona Luíza. Enquanto percorríamos o caminho de Chinde a Quelimane, por diversas vezes, pensei o que seria aquilo que levara a turba de escravos a catalogar Dona Luísa de esperta e o marido de inteligente. O meu entendimento sobre os dois conceitos tornara-se difuso. Pois nunca compreendi porque o analfabeto Belchior podia ser recordado com tão elevada qualidade, por contraposição à de uma Mulher que o chifrava, muitas vezes sem precisar sair de casa, nem mesmo antes de ele se ter feito cego. Abundâncio narrara-me que mesmo quando ela engravidou, dormindo nove meses na mesma alcova, Belchior não foi capaz de identificar o arco que se desenhava por cima do ventre dela. Mal grado foi saber que aquele ser superiormente inteligente lhe serviu de parteiro, para a desgraça do menor e daquilo que haveria de castigar a *muzunga*, até ao derradeiro momento da sua vida, pois quando as dores do parto lhe atingiram o baixo-ventre, Dona Luísa correu à sentina,[33] a pensar que se tratava de uma rotineira defecação. E qual não foi o tormento? Depois de se peidar à grande, sentiu uma bolsa rebentando dentro de si e o crio caindo do útero, para aquele precipício do buraco, de modo que, aturdida lançou um grito lancinante ao marido que a haveria de socorrer.

---
[33] Parte inferior do navio onde se junta e corrompe a água. Latrina.

Belchior não conseguiu descortinar o mistério que ali estava, pois durante mais de cinco anos nunca se envolvera em intimidade com a mulher. Talvez desconfiasse, mas ele tinha por ela uma fé cega. Acreditara na venda da companheira. Ela afiançou-lhe que acabara de dar à luz um peixe minúsculo, fruto da conspiração e da encomenda de gente invejosa, dos feiticeiros. Estes, como se sabe, por aquelas terras, são capazes dos actos mais bizarros: tais são o da conversão de uma gravidez de nove meses num nado de uma chávena[34] e pires, ou o da conversão de um recém-nascido num cabrito, como se tais nascimentos fossem simples lendas que servisse apenas para alimentar banais conversas em tempo de ócio, por gerações imensas e durante séculos.

— De quem é esse crio, mulher? — Perguntou-lhe ele, uma semana após o nascimento.

— É meu. Engravidei-me de mim mesma, marido.

— Como!? — Quis saber ele todo espantado.

— Encestei-me a mim mesma. Dormi com o outro eu de mim: Senti no meu corpo um outro corpo masculino, meu, e que me inseminou.

— Que segredo é esse?

— O ser mulher nunca foi, para mim, uma dádiva sublime. Desde há muito tempo quis-te provar a minha masculinidade, marido.

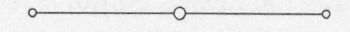

---

[34] Pequeno recipiente com asa, geralmente de louça, que serve para tomar bebidas, quentes ou frias; xícara.

Ainda hoje, muitos séculos depois, em tudo aquilo que foi a *aringa* do Goengue, ninguém pode digerir nem pode conceber porque Dona Luísa se casou com Belchior, pois na altura já este se ressentia da decadência fisiológica, fruto do peso da idade, porquanto tivera um longo percurso de vida agitada. Atingira o clímax, namorando com a neta do *muenemotapa* Kataruza, num facto que a história ignorou. Foi-o a pretexto de chegar às minas auríferas do Grande Zimbabwe e com o tal enricar. Dizem que Dona Luísa fê-lo em capricho próprio, para despertar a atenção da Rainha Maria II, de Portugal, já que reunia suficientes atributos para ser desposada pelo governador-geral da província, José Rodrigues Coelho do Amaral, que tanto a desejava, mas ela disso não fazia mossa, ao ponto de rebaixá-lo, equiparando-o e reduzindo-o a banha de porco, o que se justificava por este ser gordo, de uma pele tão pálida quão doentia, frequentemente coberta de jactos de suor, o que a enojava.

Nos sertões do vale do Rio, o velho Belchior era conhecido como o "Brinquedo da Dona Luísa", pois ela desposara-o consciente de que o teria de cuidar pelo resto da vida, como uma jogadora de xadrez que conserva a peça mais valiosa, para a investir num xeque-mate, no derradeiro momento da partida.

Passaram-me meses. Ainda no barco de rodas que, idos do Chinde, num percurso de sessenta léguas, nos transportava para Quelimane, passando pela Boca do Rio e através do lugar do

Interre, pude recordar que o velório tinha sido a meias,[35] porque ainda que estivesse lavada em lágrimas, não vi sucumbir na Dona Luísa a vontade de me interrogar sobre o nosso pacto, a perspectiva de os ingleses a apoiarem na expulsão dos portugueses das suas terras, em troca da anexação, pelos anglo-saxónicos, dos domínios de Tete e Manica, que pas*sari*am à Zâmbia e à Rodésia do Sul, e tirando disso ela, a contrapartida de terras, para a sua sobrevivência, nos arrabaldes[36] daquele potentado encravado naquelas regiões moçambicanas. Ela parecia enfraquecida militarmente, para propor a sua própria falência. A minha suspeita de que ela fosse estúpida só se desvaneceu quando me despedi do Abundâncio, no cais daquela *aringa*. Debaixo do casco e no rés[37] da água da canhoeira havia um emerso mapa vermelho, algo irrefutável em se tratando do sangue da lua daquela *muzunga*.

Olhei o sangue com um misto de temor e perplexidade. Seria uma ilusão minha? Ter-me--ia ela hipnotizado?

Abundâncio descobriu no meu olhar as dúvidas que me avassalavam até às entranhas. Para disfarçar a minha inquietação, Abundâncio recordou-me que nunca vira um homem ficar anestesiado como o que se passou comigo, quan-

---

35 Sociedade em que os ganhos e perdas são divididos igualmente pelos sócios, metade para cada um; em duas partes iguais.

36 Localidade situada perto de uma cidade, da qual depende; subúrbio; arredor.

37 Rente, raso.

do a Mulher me tomou pela mão, durante horas, naquela noite grávida de lua cheia, de cantos de hienas, *mbinzes* e morcegos. Foi quando me abri. Aproveitei para dele saber como é que iria gerir aquela paixão.

— Não te preocupes, Livingstone. — Disse Abundâncio.

— O quê?

— O amor abre todos os canais que cimentam a diplomacia com o betão[38] armado de uma paz duradoira aos filhos dos ingleses e deste lugar do Goengue. — Respondeu-me Abundâncio.

Durante o tempo em que o barco sulcava as águas prateadas do Zambeze, não pude deixar de pensar naquela equação. Como iria gerir o meu casamento, tendo a mulher em Londres, se depois de percorrer e irreverentemente por toda a emersa África, voltasse todo resoluto e flechado com o cupido de uma beleza daquele quilate?

O capitão recolhera já a âncora. Foi quando vi um homem, que me pareceu morto vivente, sair do esconderijo e a caminhar aos tropeções, vindo em nossa direcção.

Era o sinistroso e impotente Belchior, de cuja existência, enquanto cônsul britânico nas terras dos Bons Sinais, tomei conta em 1862, quando dos governadores de Quelimane e Tete procurei que me relatassem das suas atrocidades contra um chefe Ajaua, chamado Chibissa. Provocou uma desordem tal que dispersou os indígenas. Levara-os a deixarem as suas searas

---

[38] Concreto.

e celeiros à mercê dos elefantes, não fosse por tal que dirigi uma petição ao governador de Tete, instando-o a intimar Belchior que cessasse de perseguir Chibissa e prender negros do Goengue, que ele fizera escravos e os despojara de cem a cento e cinquenta pontas de marfim.

    Retomo o fio à meada. Quando o capitão recolheu a âncora, inadvertidamente, recebemos alguns tiros, disparados por homens que estavam escondidos atrás de pedregulhos que oprimiam o Rio, de ambos os lados, deixando-o passar como se pelo meio abrisse uma garganta funda, acidulada. Consegui apanhar a minha pistola Winchester à custa do medo de levar um balázio.[39] Era uma pistola que tinha sempre à mão, numa bolsa de couro, o que ninguém poderia suspeitar, pois fizera uma caixinha com formato de uma bíblia, onde a guardava. Ouvi a voz autoritária e soberba de Dona Luísa, vinda daqueles penhascos. De repente, por um golpe inexplicável, um dos meus seguranças e súbditos havia sido cuspido para a água; quando olhei na direcção onde ele se perdeu, lá estava um crocodilo. Estremeci, sem saber o que fazer. Um dos meus seguranças foi mais ágil, disparou um tiro contra o crocodilo e este se transformou num rosto feminino, o rosto de Dona Luísa, afinal *dona* de muitas outras vidas.

    Mais tarde, e perplexo, soube que o meu segurança, John Westminster, se achava são e salvo, na *aringa* daquela *muzunga*.

---

[39] Tiro de bala.

Westminster tornou-se a moeda de troca: nós lhe dávamos armas, munições e mantimentos, Dona Luísa se encarregava de defender a sua conquista dos portugueses. Nunca chegáramos a uma acção que satisfizesse a pretensão da prazeira daquela *aringa*, pois os portugueses foram hábeis a desfazerem-se dos prazos, transformando-os em companhias arrendatárias, que mais tarde viriam a servir de escudo à sua política expansionista.

A história cometeu um erro crasso ao ter apenas registado quatro dos oito maridos de Dona Luísa. A memória colectiva resgata esses esquecidos amores, a vocação venial e adulterina de Dona Luísa.

3

Apesar de constar que a sua profissão de fé se manifestava pelo catolicismo, Dona Luísa pouco ou nada cumpria da religião de que se dizia crente. Nos tempos em que demandei o Goengue, conheci a vida dela ao pormenor. Era mais supersticiosa do que agnóstica.

Nos quilombos por onde passei, as habitações eram autênticas choças, redondas, paredes de caniço, palhas de capim e estacas, cimentadas com argila, vulgo *matope*. Os gentios que entrevistei foram ao extremo de me mostrarem o que havia por detrás da cortina sórdida da Casa-grande. Era facto conhecido de soberba que ela tinha muitas vidas paralelas, coabitando com vários maridos, o que fazia dela uma mulher devassa e sem escrúpulos nenhuns à luz da santa madre igreja. E se esta atitude constituía causa de comiseração, era de menos chocata na pequena cidade "branca" daquele prazo, onde se recortavam casas de madeira e zinco, palhotas cobertas de *samatra*, palha entrançada, na língua do lugar. Nesta pequena vila, onde ela mandava e desmandava, é, todavia, o lugar onde viviam seis *muzungos* portugueses, quinze goeses, dois damanenses e um mouro. No silêncio destas casas é que se escutava a sua pronúncia e sotaque acentuadamente cafreais, com laivos de *chinhungwe*, dialecto cafreal com certa preponderância nas terras banhadas pelo grande Rio, de fazer corar de vergonha os mais puritanistas da língua. Investida de ilimitados poderes, vê-la a vociferar contra os colonos e *cafres* era algo de cortar o riso à navalha. Por isso, em momentos de ócio, a pequena aristocracia se divertia a tentar imitá-la.

Tal como se disse, a vida de Dona Luísa era demasiadamente exposta. Era também verdade que as relações dela com os seus maridos, geralmente, nunca foram das mais amistosas. Embora fosse difícil de conhecer com exactidão a vida do clã Cruz, o episódio que mantenho presente na memória é o desfecho trágico do seu "segundo" cônjuge, esse que a tornou viúva pela primeira vez. Dona Luísa, como todos os membros da "sagrada" família Cruz, descendentes do patriarca sino-siamês Nicolau, eram brigões. Supersticiosa. Feiticeira. Conhecidíssima até dos governadores-gerais, cumpriu duas penas correccionais. A primeira na Ilha de Moçambique, a segunda em Quelimane.

Todo o clã Cruz, cujo apelido inspirava algo sagrado e devoto aos céus, pareceria feito de pagãos. A despeito, Nicolau da Cruz, avô de Dona Luísa, era alcunhado "Pé coxinho", por arrastar asas às ricas viúvas dos patrícios mais abastados, que não resistiam muito além ao paludismo. O "Pé Coxinho" padecia da doença dos presságios, como os morcegos ou os mochos, que prevêem a morte mais próxima e escolhem a vítima. "Pé Coxinho" nunca demorava. Os seus prognósticos eram sempre acertados, o que dava espaço para que ele frequentasse a casa da potencial alva, na antevéspera da morte do marido desta. Os presságios saíram-lhe como um número de sorte na rifa. Desposou uma viúva rica em terras.

Por todo o prazo, era conhecido de soberba que os *muzungos* não resistiam ao paludismo,[40] tinham cinco anos como tempo de vida médio, após o que sucumbiam ferrados por mosquitos anófeles, causadores daquela epidemia.

Porque devo eu ter que discorrer sobre vidas alheias? Ofereci ao governador militar de Moçambique documentos de alto valor histórico, insubstituíveis. Restei-me com essas histórias que não são mais do que a memória por quem nutro até hoje elevadíssima afeição: a Dona Luísa. Porque insistia eu nessa afeição, se sabia muito bem que a Mulher dera de beber ao seu "segundo" marido, António Machado, um veneno, consta-se, urina de crocodilo, com uma probabilidade de letalidade muito eficaz, semelhante a trinitro tolueno? Machado, segundo exames forenses, ingeriu-a julgando que se tratasse de vinho branco, mas não resistiu, pois encontrou morte imediata. Dona Luísa pô-lo na sua alcova. Na cama e nos seus lençóis marchetados[41] a ouro, como um cão, deixou-o jazido e, depois de colocar uma cruz no topo do tecto, abandonou a antiga Casa-grande de Ancuase, agora convertida num monumento. Dizem que durante o dia e a noite Machado dá voltas pela casa que o

---

40 Malária.

41 Enfeitados.

mantém encerrado, à busca de um buraco negro, para regressar da morte. Dizem também que Machado, que era um homem de brandos costumes, cultuou o hábito de questionar a casa sobre o paradeiro da Mulher, recebendo em troca um mutismo que dura já lá vão dois séculos.

Perguntei ao intérprete Abundâncio sobre o que tinha a contar-me desta morte estúpida, ao que me não revelou. Fechou-se em copas.[42] Claro que sendo ele moço de recados de carreira, era cúmplice e guardava a estória num baú, cuja chave guardara ele e a Dona Luísa no fundo do mar. Mais tarde, depois que aprendi o chichewa, de que falo fluentemente como uma pessoa do lugar, dos *cafres* vim a saber que Machado jamais teria morrido, não fosse a gula de beber vinho, o que o estrangulou.

Desde que assentara arraiais na pátria, Machado cultivara o refinado capricho e bom costume português de beber vinho às refeições. E passava o tempo amargurado, pois durante quatro anos frustrara o seu sonho de se dedicar ao negócio daquela bebida. Não fosse o líquido chegar a Tete sempre pôdre, sem poder suportar a temperatura de quarenta graus ou mais, que aí é apanágio. A suposta homicida teve o logro de arranjar uma garrafa etiquetada. Lia-se no rótulo: "Vinho do Porto". Como a sede do Machado fosse imensa, ele bebeu de um só trago setenta e cinco centilitros. Quando já sentia o mundo a andar à roda, perguntou à Mulher onde diabo ela

---
42 Ficar calado.

desencantara aquele requintado líquido, ao que esta respondeu-o:

— São milagres do vinho a receita e o amor que se conservam em mistério. Trouxe-o graças a um túnel fresco que abri, desde Lisboa até aqui. Bebe, querido.

Mal ela terminou a frase, Machado batia as botas. Severas borbulhas tomaram conta do seu corpo.

Se não fosse aquele gesto frenético que levou Machado a engolir a garrafa toda, com a etiqueta e rótulo, para que não incorresse no prejuízo de deixar alguma gota a sobejar,[43] acredito que o malogrado poderia resistir mais cinquenta anos. Jamais pereceria aos vinte e quatro, daquela morte inglória, de que ainda hoje mais se fala em todo o vale do Zambeze.

Creio que a fraqueza destes dois homens, o Belchior e o Machado, estava no álcool, que ambos apreciavam, talvez tentando sufragar[44] da forte depressão que os perseguia. Pode ser que o autoritarismo de Dona Luíza tivesse sido a causa de tudo isso. Ela a viver de seus frutos e exercendo com crueldade sobre eles. A esperança de se livrarem foi-se desvanecendo. A bebida tornou-se saída única para a evasão daquela cinzenta e dura realidade. Se ao Machado o vinho foi fatal, Belchior apenas precisou ingerir durante cinco anos o vinho de maçã-da-índia, que, segundo soube mais tarde, é a principal causa da cegueira, desde a idade da pedra, por aqui nestas terras.

---
43 Sobrar.

44 Escapar.

Custa a acreditar como um cego sobrevive a caminhar na selva, entre leões, cavalos marinhos, tigres e peçonhas. Consta-se que na madrugada daquele dia em que o vimos com a roupa ensanguentada, tombado atrás de um pedregulho, em Goengue, Belchior chegava procedente de Massangano. Já vagueara umas cento e oitenta léguas, entre ir e vir, pela estepe e a densa floresta entre Lupata e Tete, despistado do perfume da Mulher, a que aparentemente se agarrou a vida inteira como um farol, como código de estrada. O "Brinquedo da Dona Luísa" só podia ser uma criatura prodigiosa para lograr tal feito, pois escapara aos animais ferozes, como os búfalos, leopardos e leões, que atacavam com frequência os *cafres* em seus redutos de adobe,[45] nos quilombos, devorando-os desapiedadamente.

Algo de mal lhe teria acontecido? Qual tinha sido o seu segredo? Logo que ficou cego, Belchior aprendeu a distinguir diferentes estímulos. Sabia distinguir a léguas, a savana das planícies, as montanhas das selvas, o meio rural do urbano. Como que por artes mágicas. O facto de ter ali chegado jovem pode ter sido relevante. Ninguém sabe. Orientava-se melhor do que muitos com visão perfeita. Consta que à medida que a raiva o tomou ele ganhou coragem, agarrou uma

---

[45] Massa formada por uma mistura de terra, areia e água, geralmente acrescida de outros elementos para maior resistência (como palha, erva, estrume ou cal), que se seca ao ar ou ao sol e se usa como material de construção.

mochila e desapareceu madrugada afora, véspera daquela tragédia, deixando só a Dona Luísa e o filho recém-nascido.

Era do costume da Mulher pô-lo a passear com os escravos que o levavam na rede. Os escravos da Dona Luísa untavam-se de óleo de massaleira, com que espantavam os predadores. Todavia, o "Brinquedo da Dona Luísa" não precisou usar tal recurso, pois se colou à prova, oferecendo a sua carne aos predadores.

À sua chegada à Quelimane, Abundâncio veio ter comigo, numa das casas oficiais onde me encontrava. Contou-me que tamanha era a amargura do Belchior, que atacou à dentada o primeiro leão que dele ousou aproximar-se. Outros animais presenciaram aquela cena macabra, de modo que foram contar aos demais que tinham visto um homem cego a atacar pelos dentes e pela sua força quase anímica o mais temível dos leões, pelo que os demais lhe cederam o caminho. E o eco propagou-se pela selva. Os búfalos contariam entre si; o mesmo fariam leopardos, mambas e leões.

Andaria a caçar, já que conta o Abundâncio que uma das grandes paixões por ele cultivadas em tempos e que o tornara grande aventureiro, foi a da caça grossa, de animais de grande porte: elefantes, leões e búfalos. Belchior tinha sido quem abastecera em carne os homens do Bonga, quando, cercado, durante trinta e dois dias e trinta e duas noites, sofria o assédio, a fogo cruzado, da expedição militar portuguesa, que os julgavam a morrer de fome, portanto, prestes a capitularem; em vão, pois tal nunca viria a acontecer. Como *muanambua-ua-cuva*-filho, esperto que era, invadiu alguns prazos alheios, acompanhado do seu séquito de seguranças que comportava sessenta a setenta homens, obrigando os *muzungos* que lá estavam a abandonarem o sítio empanicados.

À entrada da casa do Bonga, autoridade máxima de Massangano, Belchior sentiu o coração a subir-lhe até à traqueia, vir-lhe pela garganta fora, como se estivesse sob a ameaça de um aborto. Teve que o segurar persistentemente, com a mão no peito, para que o não perdesse. E no que pareceu vergonhoso, magoado e entristecido, o "Brinquedo da Dona Luísa" chorava copiosamente a traição cobarde da Mulher.

Não poderia ser por outro motivo, pois disponho de informações seguras de que Bonga o recebeu de abraços abertos e na maior das fraternidades e misericórdias. Compreendeu a aflição do cunhado, de quem ele tanto gostava e respeitava. As relações entre ambos eram amistosas, tanto que Belchior tinha o uso de lhe oferecer banquetes, numa pretensa vassalagem ao cunhado, temível pelo exército de abelhas que detinha. Como bom anfitrião, Belchior tratava Bonga com todas as honras, inclusive uma vez quando a população de Tete atacou a *aringa* deste, o "Brinquedo de Dona Luísa" mandou-lhe um auxílio de duzentos negros. Não escapou um único agressor branco, mesmo os que se tinham untado de malagueta, vulgo jindungu, pelos corpos, crentes de que o mesmo garantia a imunidade às balas assassinas e inimigas. Os gentios do quilombo fugiram. E quanto ao assunto em apreço, ao Bonga foi difícil digerir que o cunhado que arriscava e invocava a sua superioridade no seio dos *muzungos*, fosse tratado abaixo de manambua.[46] Portanto, há-de ser por isso que ele se comoveu, ao ponto de se vingar. E nisto sentenciou o Inominado de Dona Luíza à morte.

Para Bonga, segundo justificara, a infidelidade da irmã só se justificaria se tivesse ocorrido de preto para preto, seres que ele apelidava "sem escrúpulos", e nisto jamais haveria algo de anormal; mas inadmissível de acontecer entre mulata de sangue azul, com reminiscências índias, e negro. Daí, jurou ele, não havia como perdoá-la, porquanto na grande comunidade aristocrática dos *muzungos*, a família estava manchada e com o estatuto diminuído.

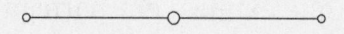

Embora seja de duvidosa confiança esta informação, a cronologia de vida de Dona Luíza coloca Belchior como seu "primeiro" homem, entre os quatro *muzungos* que a desposaram oficialmente em núpcias. Vestida de véu e grinalda, a levaram os outros três, cada um a seu turno, ao altar, em clara violação da lei canónica

---

46 Grupo étnico africano.

eclesiástica. Deixo aqui o retrato do "segundo", do "terceiro" e do "quarto" (as aspas são minhas, porque nunca se sabe ao certo) homem com quem ela hipoteticamente viria a unir-se em simultâneas núpcias.

Eis a lista dos afortunados: António Machado, Rodrigo Pais Machado e António Lopes. Não deixarei também de acrescentar à lista larga, os demais contubérnios "oficiais" dela: José Vilas Boas, Augusto de Andrade, Mateus de Aranda e Duarte e Pinto. Dizia-se à boca cheia, com estes "casara" ela de portas adentro, sem as solenidades religiosas. Nestes casos ocorrera sob o sigilo absoluto, como ela pretendera, em vão, pois, como já se disse, Goengue era uma pequena vila onde bastava alguém tossir para rapidamente identificar o presumido autor; mas um instinto descontrolado, quanto antes, fazia o som se multiplicar e se espalhar por todos os lados, ao longo do rio, até ao mar. Era essa a lei daquele prazo: o mínimo ruído convertia-se num estrépito, num estrondo. O que explica, em parte, a razão porque se conhecia da vida dos cavalheiros portugueses, macaenses, goenses, mouros, damanenses e brasileiros, solteiros, pendentes de damas ricas ou das *prazeiras* acabadas de enviuvar, com expectação de que as herdassem.

A escrita é como um ofício de divagação pelos quilombos. Regressemos, por isso, ao caso Belchior do Nascimento. O cego que me comoveu com o episódio da sua travessia pelas selvas. Assim ilustravam as peripécias da agonizante viagem de setenta léguas do português até Massangano. Conta-se que ele ainda contaria a sua proeza ao detalhe. Retratara elevadas montanhas que deixara para trás; o percurso nos emersos vales atapetados de cafezeiros, o que os *cafres* desmentiam que jamais ele os poderia ter feito a pé. Um facto inédito à face da terra, ao senso-comum, que um ser cego tivesse cometido tamanha proeza de calcorrear[47] a floresta, desafiando os animais ferozes, contando apenas com a inteligência dos seus puros instintos e estímulos.

Não foi só o heroísmo da aventura do Belchior que me causou expectação, mas a coragem com que ele atravessara a turbulenta confluência dos rios Luenha e Zambeze. Mas antes de chegar ao artefacto da travessia, convém esclarecer que do lado dos *cafres* sempre se opôs o antagonismo entre os crentes e os descrentes. Era normal então que alguns reduzissem a mera falsidade a heróica travessia de Belchior por aquele sinuoso lugar. Entre os simpáticos da causa, o nexo traduzia-se no seguinte: Belchior usara o *mitombo ua mbepo*, na tradução literal remédio de voar, uma vertente de magia negra que a chusma acreditava reunir propriedades que transformavam o ser humano num pássaro, um logro na leveza de voar a terras distantes, em tempo recorde e isento de qualquer perigo.

Seria tal possível?

Na difícil missão de conversão dos *cafres* à fé na palavra do Senhor Deus, no prazo de Dona

---

[47] Percorrer (caminho geralmente longo) a pé; caminhar muito.

Luísa, visitei vários quilombos, onde uma notícia andava de boca em boca, de orelha em orelha, de cabana em cabana. O que para mim tão bem soava a fruto da imaginação fértil dos gentios, dotados da naturalidade de transformarem as misérias vulgares e chocantes em coisas leves e chocarreiras,[48] para eles era algo sagrado e evocação perene.

Os *cafres* dos quilombos, com quem tanto tive o privilégio de privar, trabalhavam as infaustas tragédias em algo novo, com uma habilidade tal que as coisas mais tristes se convertiam em coisas alegres; como o caso de Belchior, que diziam ter contactado o Bonga, não a duras penas de incorrer em perigo de morte na travessia do Rio, mas tão simplesmente na pele de um Rouxinol, em que ele se transformava.

Os gentios dos quilombos contaram-me que, já do outro lado do Rio, o Rouxinol Belchior encontrara o Bonga sentado na sua cadeira marchetada a ouro, vestido a rigor com beata vermelha, bota branca e chapéu desabado, de resto, como chefe militar de Massangano. Pediu-lhe licença, ao que ele acedeu, oferecendo-lhe uma poltrona com espaldar[49] elevado, e advertindo-o, ao Rouxinol, se aí estava em paz para conversar seriam bons amigos, se era para guerrear tinha um exército de dez mil abelhas para degolá-lo em um milésimo de segundo. O Rouxinol baixou

---

48 Que ou o que diz ditos jocosos ou atrevidos.

49 Costas da poltrona.

as asas e disse-lhe que aí estava como Belchior, disfarçado daquela ave, cujo tom de voz, maviosa,[50] animava a paisagem. Bonga disse-lhe que era obcecado pelos rouxinóis. Acaloravam-no a destreza com que estes entoam as suas melodias e a destilam, nos terreiros e nas savanas. Estes pássaros dóceis, ao despertar da aurora, confortavam-no com a ressonância da esperança, nos tempos em que padecia ele de maiores tormentos. Ao tempo em que essas picardias desaguavam em meus ouvidos, fui acreditando que se tratava do efeito alucinante da imaginação dos *cafres* a padecerem de intermitentes febres palúdicas, em se tratando estas febres tão fortes e que durante dias levam as pessoas ao delírio. Eu próprio passei pela experiência. Vi fogo a devorar-me pelas entranhas, a temperatura do meu corpo a subir até aos quarenta graus. Não fosse terem-me molhado o corpo e me açoutado[51] impiedosamente, não me veria rapidamente livre desta malvada enfermidade, que a menos de seis meses tirou a vida à Maria, a minha esposa, num dos quilombos, algures em Chupanga, também conhecido por Nova Lacerdónia, na beira deste vasto Rio. Conto-vos, e por experiência própria, que há muitos anos padeço com o esqueleto dorido, infortúnio esse que me obrigou a percorrer do Cabo ao Cairo, em *manchila*, e pelo que, impotente, me sujeitei a ver de cima da rede que me

---

50 Afável; amável.

51 Que foi punido com açoites; castigado.

transportava, os frenéticos golpes das feras que degolavam parte da minha comitiva de súbditos, reduzindo-a a uns quantos escravos, vestidos de tangas de peles de animais, cujo número não cabia nos cinco dedos de uma das minhas mãos, ao fim daquela fatigosa jornada.

Durante a minha estadia em Massangano, onde Bonga, também conhecido por Gato-bravo e Tigre-selvagem, dispôs de todo o luxo europeu para me receber, explicou-me que a turbulência e as brigas estavam no sangue da "sagrada" família Cruz. Eu desafiei-o a falar da genealogia dos Cruzes. Deixo ao leitor, no capítulo a seguir, a saga deste clã que descobriu o buraco negro com que se movimenta facilmente entre o mundo dos vivos e dos mortos.

4

*R*egiste-se esse verniz de cera, esse tecedeiro fio de aranha: o passado é como a indelével tinta rabiscada no ar, depois do voo de uma nuvem, que margina fronteiras entre o que é já a poeira do chão e o que será o novo céu da estrada. Conto-te:

Nós, todos os Cruzes, nunca fomos de boa talha, nem de se fiar. Conto-te a odisseia do nosso patriarca, Nicolau Pascoal da Cruz, meu bisavô. Este Nicolau da Cruz é quem ditou a má sina da minha família, essa má sorte difícil de se distanciar, o que é hoje a minha dissidência, uma doença incurável e que contagiou a sua vasta prole e a de todos os descendentes em linha recta e colateral. No retrato dos Cruzes, o meu avô é esse guarnecedor de munições, a quem acusam de ao inimigo ter vendido a vitória de uma guerra. Acusaram-no de ter lançado o falso alarme de que as munições se haviam esgotado no campo de batalha, para vendê-las ao inimigo Monomotapa, cuja filha ele desposou em primeiras núpcias. Julgado, foi condenado à forca, depois esquartejado, na Ilha de Moçambique. E porque nenhuma fortuna possui o pano limpo, o meu pai, Joaquim José da Cruz, o Nhaúde — Teia de Aranha ou Terror —, nasceu em berço de ouro. Casou-se com Filipa, uma crioula de Tete, bastante escura, cor de canela como a minha irmã Luíza.

Não se faz nenhuma história sem antes guerrear-se. Por me terem enfeitiçado, deixando-me em apuros, matei as minhas esposas e mãe, num acto que passou por lhes decepar as cabeças, pu-las a ornarem os paus da minha aringa. Não foi só o meu sobrinho, o Inominado da Dona Luísa, como também o passarei a chamar, que matei. Ao meu cunhado, Clementino de Sousa, marido de minha irmã Maria, bati--lhe, por ser mentiroso. Ao meu padrinho, governador de Tete, Miguel Augusto de Gouveia, matei-o depois de o embriagar e o mutilar, mesmo sob a algazarra dos meus pretos e depois de me ter posto a dançar quando ele agoniava. Para que conste da história, é bom que se diga, os Cruzes guerreavam pela paz e a sua república. A título de exemplo, eu próprio fiz guerra ao governador de Tete, que enviara a Massangano um tenente que me deveria prender. Em vez disso, ao tenente prendi-o eu. Tive um casamento com as forças portuguesas, depois de vencer Macombe Chipatata, do Reino do Báruè. Depois de nos termos andado aos beijos, diria eu com os portugueses, uma nova expedição enviou o novo governador de Tete para me prender, em virtude de me ter recusado a pagar o foro e impostos de uma vivenda que adquiri na vila de Tete. Mau grado,[52] dos combates ocorridos nas margens do Rio Mucomadzi, a vitória me sorriu. Se o meu pai passou grande parte da sua

---

[52] Sinônimo de má vontade.

vida, até à morte, em lua de mel com os portugueses, já no meu caso tive que os enfrentar e venci-os. Só por cima do meu cadáver me venceram, na sexta expedição. Assinei um acordo fictício com os portugueses, que viriam a atacar-me de novo, pelo que os retaliei, apertando o cerco a Tete. Assinamos um acordo que produziu efeitos reais, pois antes da minha morte e mesmo até à minha agonia, nunca voltamos a tumultuar-nos.

Depois de me ter contado esta larga estória de terror e assassínios, perguntei ao Tigre-Silvestre o que de mim pretendia, ao que ele, sendo eu missionário, me pedia que lhe perdoasse os pecados, purificando-o à salvação e à entrada no Reino dos Céus. Ao que lhe respondi:

— Seu covarde! Deus vê tudo. E está bravo contigo.

Fi-lo como preparação psicológica para o derrotar, no que viria a seguir.

— Então Deus não me perdoa? — Indagou-me o confessor, agora genuflectido.[53]

— Falarei com Deus logo à noite, e perguntar-lhe-ei se te perdoa ou não.

O homem estava atordoado, incrédulo e triste. Sacou duma bolsa muitos quilates de ouro e disse:

— Todas as culpas, incluso as alheias, assumo-as como minhas; perdoa-me! Eu não quero ir para a cova com toda essa lama que me acoberta.

---
[53] Fazer genuflexão; dobrar o joelho; ajoelhar-se.

— Deus não sabe o que fará com tanto ouro, pois não tem braços nem pulso para usá-lo! — Exclamei eu.

— Usa-o tu, Livingstone, no lugar d'Ele.

―――○―――○―――○―――

Como se atestará da minha conversa acima com o Bonga, também se tem pesadelos acordado.

Se Dona Luísa jamais poderia vencer o irmão, então a única coisa que me restava era promover um armistício entre os dois. A nós, ingleses, interessava-nos ter prazos aliados, de modo a anexarmos Manica à Rodésia do Sul e dominarmos as operações comerciais do Rio Zambeze. Mas tanto Dona Luísa como Bonga demoraram a ceder-nos a tentadora proposta. Eram cinco horas da tarde. Durei oito horas a tentar convencer Bonga, mas este, tão obtuso como intransigente, com visíveis ares de déspota, mostrou-se inteligente. Pareceu-me irónico quando me disse:

— Livingstone, não entendo o que tu dizes.

— Eu te proponho guerrearmos os portugueses e depois o Monomotapa. Ficaremos com o ouro do Báruè e do Zimbabwe.

— Quando o vento se enfia pelo cu da galinha e o deixa a descoberto é sinal de que temos que olhar o vento com desconfiança, porque também ele nos pode fornicar.

— E o que queres com isso dizer, meu bom Tigre-selvagem?

— Quero-te dizer, prefiro ter alguém desconhecido que me encoste à parede do que a um conhecido. Na hora da desgraça, nunca esperes pela complacência de um conhecido. — Afirmou Bonga com certa espontaneidade.

Para completar a resposta fez um leve encolher de ombros e esboçou um sorriso, como pretendendo transmitir segurança na sua afirmação.

— Por quê?

— Gato escaldado tem medo de água fria.

— Uma coisa não tem a ver com a outra.

— Sempre que sinto que os portugueses estão prestes a fornicar-me, arranjo uma forma de os não deixar.

— Como é que o fazes, meu bom Tigre-selvagem?

— Mando o meu exército de abelhas apertar o cerco a Tete e desanuvio toda a pressão à minha volta.

Ofereci ao meu anfitrião uma *manchila* mais larga que as vulgares, que trouxera da Nigéria. A corrente era forte. O bambu grosso. Não me achando com argumentos mais fortes e sólidos para convencê-lo, nada mais me restava senão soltar uma áspera e sonora gargalhada. Contagiado, o meu bom Tigre-selvagem riu a bandeiras desfraldadas, deixando ver a boca pobre em dentes, após o que afirmou:

— Livingstone, tu és melhor como missionário do que como diplomata. Vai pelos quilombos e baptiza a minha gente. Como podes ver, nós, os Cruzes, andamos metidos no Zambeze

desde o rés das águas até ao lodaçal. Nunca ensines a ninguém, acostumado a caçar, como se mata um crocodilo, porque de repente este pode se transformar num tronco e devorar-te!
— Do Rio com uma inundação diluviana diz-se amante das próprias margens, mas mata até o próprio caudal. — Repliquei eu.
— E que farei dos meus pecados? Abençoas-me? — Inquiriu-me ele, entre confuso e envergonhado de tanto insistir no tema.
— Eu te abençoo em nome da santíssima trindade.

○─────○─────○

As donas dos prazos que conheci levavam uma vida de traições no lar, luxúria e gula. Eram mais do que trinta, as donas que conheci, entre a Lupata e o Rio dos Bons Sinais. Não posso generalizar, mas de todas elas, a única a quem devo tamanha reverência é a Dona Júlia do Carungo, de Inhassunge. Aqui tendo vivido vai para aí meia década, muito trabalhou ela, derrubando, drenando, edificando, plantando milhares de palmeiras, abrindo estradas, construindo pontes, restando por sua conta a glória, de que com este modesto e humilde trabalho, concorreu bastante para o progresso e bem-estar da economia deste lugar, e, portanto, para o robustimento da fazenda imperial. É costume dizer-se que "lisonja em sede própria é vitupério", mas eu nada mais quero ser senão um modesto e humilde contador do que testemunhei, sem mais honras, nem venerações. Era bonitona, de feições regulares, e desde pequenita fora acabada de criar em casa do antigo zambeziano João Correia Pereira, casado com Dona Leopoldina Pereira, que naqueles tempos viera para cá, ainda em navio de vela, um martírio de viagem; de que me lembro, alguns nunca chegavam, ou se chegavam, faziam-se à terra firme como cadáveres, pois a demora, na maioria dos casos três meses, em meio a vertigens e a náuseas loucas, além de vómitos, resultava em consequências nefastas sobre os ocupantes das camaratas; alguns chegavam a cuspir as tripas pela boca, como se tais fossem iguarias previamente consumidas, e por fim, havia casos dos que chegavam a expulsar as lombrigas e as línguas pelas bocas transformadas em cloacas. Embora tivesse tido dois ou mais muzungos como as outras donas dos prazos, Carungo ocupava-se exclusivamente do lar, daí ter havido muitos senhores que, em vão, a disputavam para companheira. Não obstante, Carungo gozava da fama de quem punha bala onde queria; era muito bondosa, de modo que quando um europeu morresse deixando algum filho, ela o criava. Quando a conheci era já um bocado gorda, mas nada parecido com aquela gordura descomunal que tinha quando faleceu. Custava-lhe muito a andar, só o fazendo encostada a um cajado, sendo necessário ampará-la *para se sentar e se levantar. Não exagero dizendo, que um braço dela era quase da grossura duma das coxas dum homem forte. Dona de um andar desengonçado, era só vê-la bambolear, quase solene: "mataco para cima, mataco para baixo", "sobe-que-sobe, desce-que desce", num ritual que concentrava atentos olhares, à busca de encantos novos, particularmente quando de Inhassunge a Quelimane vinha no seu escaler.*[54] *Mal os caporros, na língua do lugar escravos, lançassem a âncora, ela descia ao cais do Rio dos Bons Sinais, à época o segundo mais importante depois do que havia em Sena, no Zambeze, e lá ia ela, o cabrito preso a um guiso, e ela atrás, levando-o pela corda até à casa do governador, para ofertá-lo.*

Está visto que Dona Inês de Castelbranco e Dona Catarina de Faria Leitão, que atingiram a marca de cinco núpcias cada, só perderam a notoriedade para a Dona Luísa, que contabilizava oito "núpcias".

Para além da competitividade na devassidão, altivez e soberba, as donas competiam entre si na viuvez, não se sabia se por causa de morte natural dos forasteiros portugueses, vulneráveis ao paludismo, se por assassinatos premeditados. A despeito de assassinatos premeditados, era também o comum na prática de algumas delas. Veja-se o caso da Dona Inês Cardoso, uma goesa, à semelhança da sua afilhada

---

[54] Pequeno barco para serviço de navio ou de repartição marítima.

e herdeira Dona Inês Pessoa Almeida Castelbranco, casada em terceiras núpcias com o Português António Teles de Meneses, que depois de ter perdido um processo de divórcio interposto por não consumação do casamento, reuniu os seus seiscentos escravos para atacar o marido e os seus seguidores, conseguindo expulsá-lo do Rio. Apesar de expulso, Meneses, que fez a sua carreira militar e administrativa no Oriente, foi perseguido e só não caiu em desgraça por sorte.

Por aquilo que presenciei, Dona Inês se casou por procuração com um ex-governador de Macau. Acusando-o de impotente, resolveu separar-se dele e tomar-lhe as terras dadas em dote. O fidalgo recorreu à justiça da Ilha de Moçambique e ganhou a causa, recebendo, portanto, as terras dotais. Isso despertou a fúria da prazeira, que decretou a morte do marido, ordenando que a sua cabeça fosse decepada e espetada num palanque para exibição pública, uma prática corrente das donas. Toda irada, ela desceu o Zambeze à frente do seu exército particular, deixando um rastro de destruição sem precedente, no seu caminho. Promoveu uma aparatosa[55] *execução do funcionário português que tinha dado posse das terras ao seu marido. Invadiu o Luabo*[56] *onde queimou as casas. O marido foi ferido e recebeu socorro de uma família portuguesa. Dona Inês mandou executar essa família.*

---

55 Pomposa; magnífica.

56 Luabo é um distrito da província da Zambézia, em Moçambique, com sede na povoação de Luabo.

Quanto a Dona Francisca, que cegara na velhice, antes de morrer, aos sessenta anos, viúva e endividada pelas dívidas do esposo terem transitado para ela, adquiriu o nome africano de Chiponda, "senhora que tudo pisa com os pés". Os seus maridos foram, pelo menos aparentemente, súbditos respeitosos, enquanto sobre ela corria a fama de maior rebelde e arrogante para com os portugueses, cujo governo ela combateu com os seus trinta mil guerrilheiros. João Moreira Pereira, se usou de firmeza enquanto governador dos Rios de Sena, nunca alcançou o protagonismo da mulher, tal como o seu sucessor, na mais opulenta casa tetense[57] de D. Francisca e na cadeira do governo. A notoriedade de D. Francisca, tanto no espaço português como africano, foi ganha no confronto com a administração portuguesa. A Rainha de Portugal a reconheceu como "sua fiel e amante vassala", com os outros foreiros[58] e provavelmente também com os chefes africanos. Com efeito, a viúva soube usar do seu poder militar, enquanto senhora de Africanos, para ameaçar uns e outros, não se distinguindo de outros foreiros poderosos. Terá sido em particular pelo uso da força armada que D. Francisca ganhou o nome de Chiponda. Aparentemente, o amor era a sua maior obsessão. O seu primeiro inves-

---

57 Relativo à província de Tete, em Moçambique.

58 Indivíduo que, por contrato, tem o domínio útil de um prédio pelo qual paga renda ou foro ao senhorio.

timento malsucedido foi o tentado casamento com o governador Melo e Almeida, cujas alegadas extorsões — provavelmente a título de créditos — se traduziram no endividamento da viúva junto dos comerciantes da Ilha de Moçambique, o que, ao fim da vida, a levou à falência, embora em paz com os portugueses. Impressionante no meio de tudo, Chiponda tinha a casa gradeada em ouro maciço, que nem assim serviu para pagar as suas dívidas.

No capítulo a seguir debruçar-me-ei a tentar compreender a utilidade das sentenças da Dona Luísa, que parecem reunir a particularidade do que há de mais absurdo, uma vez vão para aí muitos anos que este sistema de justiça se fez ao serviço da fidalguia, com dualismo, combinando práticas modernas e tradicionais.

5

Dona Luíza era rica, temida e odiada, por isso eu tomava por inveja as acusações desabonatórias acerca dela. Não poderia declarar a nossa relação em falência, antes de o poder provar. Os meus sentimentos tornaram-se contraditórios. É facto que durante muitos anos busquei a compreensão dos céus. Fui dominado pelo seguinte monólogo:

Não poderia admitir, nem mesmo aceitar, porque uma mulher infiel ao seu esposo, uma adúltera, levada pelo seu dom varonil, pudesse lançar para a laguna de crocodilos, amantes seus, leais escravos, a quem ela acusava de feitiçaria e infidelidade, por apenas querê-los para si, Dona Luísa, apenas por terem ousado a desafiar-lhe o poder.

Não poderia admitir nem compreender a razão porque o governador da província de Moçambique, Augusto de Castilho, que te mandou prender por oitenta crimes, usando do seu poder de coercibilidade, se mostrou impotente para perseguir Bonga e o prender, por ter ousado, como tu, do crime de justiça privada.

Não poderia admitir nem compreender a razão porque Bonga, no despeito de as acusar de o enfeitiçarem, matou duas das suas mulheres, como a própria mãe, ainda assim mantendo-se impune e nas graças das autoridades pelo tempo todo em que viveu; e como se tal não fosse nada, custa ainda compreender porque os portugueses o mantiveram como seu principal parceiro de armistício e de segurança ao tempo em que no vale do Zambeze se tornavam ameaçados os interesses daquela coroa, mesmo sabendo que antes de cometer os três homicídios as sujeitou ao muávi, uma árvore de casca venenosa, usada no apuramento da culpabilidade no lugar, árvore, enfim, com que se faz a prova, a busca da autoria do feitiço, conhecendo de antemão que esta prática letal estava interdita nos prazos, por o veneno ser ministrado por pessoa sagaz que depois de apurado o envolvimento dos acusados, aumenta ou diminui a dose da poção, com isso castigando o presumível culpado.

Não poderia admitir nem mesmo compreender a razão porque as autoridades da província, dispondo no código penal da moldura de seis anos para punir os que praticavam a feitiçaria, também exercida pela comunidade portuguesa que aqui se fixara, limitavam-se à passividade em relação aos autores daquele sacrifício, contra aqueles que castigavam o acusado, sujeitando-o a ingerirem aquela casca letal, a inexcedível cooperação com o juiz. Como aconteceu nos casos de Fazbem e Pirulito Doce, a quem os acusaste de colaborar com o teu irmão Bonga, no crime que vitimou o teu filho único, fruto da tua infidelidade com o homem a quem baptizaste de Fazbem. Mesmo sendo verdade que não conseguiste extrair a prova da traição, não compreendo a razão porque, de forma humilhante e indigna, os expulsaste, aos pobres rapazes, da tua aringa, o que não os impediu de te questionar de onde vinham e para onde iam, ao que te limitaste a responder-lhes que eram tão jovens para saberem a resposta, e, no entanto, os induziste a darem voltas pela montante do Rio, meia légua água adentro, até os degredados serem devorados por crocodilos, que não os devoraram sem antes brincarem com os seus órgãos vitais, numa grosseria que não lembra ao diabo, como se para eles, os anfíbios, a falta de alimentação, fossem suplantar a fome com a referida ausência de decoro, com que os forçaste à mais vil humilhação, sujeitando-os a manterem intimidade com eles, enquanto tu, montada no palanque, batias palmas ao teu próprio sadismo, debaixo daquela áurea de entardecer deprimido, enquanto as mulheres escravas do teu prazo, alardeavam naquele cúmplice ritual de canto e dança, que sói-se promover em cerimónias de sacrifício, com que regateias a virgindade e purificas os males que te avassalavam até às coxas, reincidindo nos mesmos erros que no passado te levaram à prisão.

 Ninguém pode compreender como o teu demónio predilecto era Tári, Dona Luísa. Tu o evocaste. Só tu conhecias que espírito estava dentro da água do Rio. Só tu sabias que o demónio Tári não só habita as águas como os embondeiros,[59] sendo tabu não matar estas árvo-

---

[59] Árvore de grande porte, da família das Bombacáceas, própria das regiões tropicais africanas, tem tronco alto e largo.

res nem as mutilar. E foi nesta árvore, que dois dias depois ao infortúnio os dois mortos acima ressuscitaram, tão intactos como sem máculas, nem mesmo depois de os crocodilos terem-nos comido até ao esfrangalhado. E nem eu poderia acreditar como nas mesmas circunstâncias ressuscitaste outras vítimas da carnificina dos Cruzes, o teu primogénito e o marido da Dona Paula, a filha do Bonga, tua sobrinha, esta que matou o esposo com a ajuda dos próprios escravos, depois mandou depositá-lo numa tumba lançada ao mesmo Rio.

O que ouso admitir sem compreender, por tal estar longe da civilização a que pertenço, é a capacidade detida pelo Macangueiro Sekulo do lugar, teu partícipe, na ressurreição dos mortos. Não me esqueço do assombro com que assisti a esse ritual; como num tempo recorde de vinte e quatro horas, em simples gesto levaste as dançarinas a cantarem e dançaram, ao mesmo tempo em que os dançarinos impávidos, cobertos de máscaras Nyau[60] na cabeça e com vivos colares de penas compridas e missangas, envolvendo-os pelos pescoços e pelas cinturas, mostravam gesto de grande mobilidade, o engodo que mostravam as partes vergonhosas e faziam a festa sem perderem o equilíbrio, in-

---

[60] O Nyau ou "Gule Wankulo" é uma dança exótica milenar praticada por homens das comunidades situadas ao norte do rio Zambeze e adquire conotações diferentes de acordo com a ocasião em que é praticada, se em rituais de iniciação masculina, cerimônias fúnebres ou por puro entretenimento. Nyau significa o próprio dançarino, quando já paramentado por suas vestimentas e adornos e "Gule Wankulo", "a grande dança".

gerindo a selvagem bebida pombe, naquele terreiro despido de vegetação arbustiva, testemunha irrebatível da emergência dos quatro remotos defuntos, procedentes do curto exílio que foram aquelas passageiras mortes, nas entranhas deste Rio.

O que ouso admitir, sem compreender, Dona Luíza, é que ainda assim estou encantado e rendido aos teus dotes.

Estávamos em Maio, tempo seco e em que as várzeas são demasiado rijas, à falta do húmus, quando Dona Luísa, revigorada e bastante perseverante, voltou a seduzir-me. O facto de eu ser viúvo e de provecta[61] idade a cativou, mas no meu caso, confesso, não passaria a celibato sem antes a possuir. Não vergaria. Fosse o que fosse. Contra todos os factores, e demais a mais a minha moral cristã, avultava a fraqueza da minha carne. Era um facto: sentia uma imensa solidão, só equiparável à dos eremitas. Apesar de contar com a companhia dos meus súbditos, andava muito sensível e carente, mesmo um ténue banho de sol me causava uma sensação algo de carícia, sem consequência. Eu necessitava de uma companhia feminina de boa cepa, pois cansado da vida aventureira que me levara por África acima e abaixo. Estava a poucos dias do regresso da expedição que me levou à Nigéria, na companhia

---

61 Avançada (idade).

do rapaz quelimanense Ignácio de Jesus Xavier. Esta criatura confrontava-me com um artigo ultrajante no jornal *O Comércio*, da capital metropolitana. Isolara-me do burgo[62] e pairava algo dentro de mim, para ser descarregado no luxuriante vaso daquela. Não me via senão carente e desejoso de evadir-me, num debitar da melancolia no corpo daquela mulata, de que diziam, agora caída num novo ciclo de devassidão, num hexágono amoroso com a matilha que atrás citei.

Já que a minha condição evoluíu de hóspede da pousada para um parente político sempre bem-vindo à Casa-grande, por alguns momentos me ausentava e tornava a reaparecer, sem avisar, e confrontava-a em plenas funções, com os maridos. Revezavam-se, no que parecia ser um acordo tácito. Eu chegava e encontrava reunido cá fora o mesmo aparato que protegia a Casa-grande. Cutucava o aparato sempre pelo que estaria a acontecer lá dentro. Tal que uma vez ouvi-o dizer na sua língua nativa: — Coitado do Livingstone, não sabe em que buraco se meteu. Já então eu me entregara aos caprichos daquela Mulher astuta, adicta a excitação do descobrimento. Eu fazia de conta que nada ouvia. Subia rapidamente a majestosa escadaria e encontrava-a na ampla sala de estar, sem deixar de pensar que aqueles que lhe obedeciam tão cegamente eram mais estúpidos do que eu, a ponto de consentirem que ela os tratasse como escroques. Poucas vezes a en-

---

[62] Castelo, paço ou mosteiro rodeado por muralhas, que cumpria função similar.

contrei na sala. E quando, daqui da sala, no seu quarto, ouvia o colchão de sumaúma a ranger, e a ofegante gritaria dela, fascinada com a doçura e a virilidade selvagem dos seus maridos. Por vezes, estando sentado numa poltrona da mesma sala de estar ou na sala contígua, mal me recostava no espaldar, de fora chegavam-me lamúrias sobre a vida íntima dela, pelo que logo me punha desperto. Por causa disso ouvi dizer que apesar da propalada devassidão e lascívia, Dona Luísa tivera dois orgasmos em toda a sua vida, e ambos com Pirulito e Fazbem. De resto, com os brancos, fazia-o por puro entretenimento, ou para manter as alianças políticas e comerciais que estavam na origem da fortuna que acumulara, não descurando[63] com isso a aparência que ela desejava manter, necessária para uma dama da aristocracia, tudo uma questão de honra familiar.

O ambiente à volta da Casa-grande, assim, era pior que a lagoa de crocodilos. A intrusão dos guerreiros e dos escravos nos assuntos de privacidade da Dona Luísa magoava-me. Por isso, arranjei uma chácara em Inhacato, uma das ilhas do Zambeze, com uma fabulosa praia. Construí uma cabana, sobre um terreno assoreado, dentro do qual se distinguia um sulco e uma vegetação humosa. Ficava a cinco léguas do Goengue. Era também aqui onde me dava a suaves vagares[64] de desfrutar das minhas leituras: Homero e Shakespeare. Viemos os dois aqui sozinhos,

---
63 Negligenciar, descuidar.

64 Ocasião, oportunidade.

sem a chusma daqueles pretos. E aí ficamos os dois, na nossa caprichosa e vagarosa intimidade. Apesar de tal passar-se longe do seu ambiente, Dona Luísa, sempre encostada a mim, mostrou um grande à vontade. Uma sensação incrível de despertar numa mulher dura. Via-a delirar com o pôr do sol, a falar do romper das estrelas que a encantavam, enquanto eu enchia a alma de emoção e os olhos de seus rebordos,[65] a ver as suas coradas partes púdicas e adiposas, tão hirtas[66] e tão nuas que bamboleavam *"toque-toque, para a esquerda, toque-toque para a direita"*, enfim causando-me o latejar das virilhas, que de tão acesas quase me rompiam com a costura da braguilha das calças. Ah, aquela pele macia, côr de canela! Os lábios desabrochando como nenúfares.[67] A Mulher era mesmo um bom partido, uma margem sem fronteira, um fundo sem chão para o meu equilíbrio do peito, uma nascente, um repuxo; penetrei-a não sei se com a mesma virilidade dos seus negros preferidos, se com a ira de um celibatário eremita, embora possa reconhecer que em matéria de volume do membro talvez perdesse para os dois moços. Mas que ela gemeu, lá isso gemeu, dolo necessário, e o que ditava certo conformismo feliz do meu lado. Nada há melhor para a mulher que essa demonstração

---

65 Bordas.

66 Teso, rígido.

67 Gênero de plantas aquáticas, da família das ninfeáceas, aquáticas, de folhas largas, geralmente arredondadas e flutuantes e flores solitárias.

masculina. — Chega para este fogão. — Repetiu-me várias vezes ela ao ouvido, acariciadora e paciente, convidando-me a avizinhar-me dela, ao calor febril do fundo do seu corpo.

 Depois ela calou-se. O sol parecia nascer do corpo dela. Perfeito. Dormimos várias vezes naquela chácara, que uma vez, ao despertamos na aurora, demos, à porta da cabana, com um crocodilito que brincava com o pai. Dona Luísa pegou-o, para minha aflição e perplexidade. Gritei que o soltasse de imediato, ao que ela recusou. Falando naquela sua língua rica em sabedoria, com sotaque *chinhungwe*, disse-me numa voz energética e destemida, como era o seu carácter:

 — Livingstone, por vezes o que me surpreende no homem branco é o medo, a obsessão com que tem à sua civilização, e o que o faz viver no limite dela, obcecado com o facto de a sua fé significar que nada a pode transcender, nos ramos da sua contemplação.

 — Tens a certeza do que dizes, Luísa? — Perguntei-lhe eu, depois da vã tentativa de a convencer a largar o bicho.

 — Nós os do lugar nunca gerimos o medo, nem a aflição; apanhamo-lo pela crista da cauda. Nós os enfrentamos, aos crocodilos, pelas mandíbulas, nem que seja necessário arrancar-lhes os dentes um a um, com os dedos, à unha. Para que o saibas, a nós, os *chinhungwe*s, a nós os *matewes*, o nosso parentesco, o nosso antepassado tem uma genealogia que contempla os seres humanos e os animais, evolui desde os simples crocodilos até aos homens comuns. Se um crocodilito se movimenta desde o Rio até aqui só pode ser porque um parente, alguém o mandou. Levemo-lo até à minha *aringa*. O Macangueiro Sekulo já nos dirá ao que vem.

Dito e feito, o crocodilito seguiu viagem conosco. Pelo caminho portou-se tão belamente, que ao fim da jornada, cá para os meus botões, pensei que para ser tão brando e manso, é porque o bicho respeitava o grau de parentesco que o ligava a Dona Luísa.

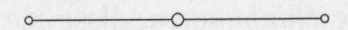

⸻

Ao Macangueiro, o inexcedível crocodilito confessou, pela própria boca, pitorescamente, o seguinte:

— Nós os crocodilos da ilha de Inhacato somos gente, gente boa. No meu caso, vim em missão mensageira, pois os meus ancestrais, que também são vossos e de todos os que habitam nesta *aringa* de Goengue, nestes sertões, mandaram-me interceder por eles, que saibam por mim que neste ano haverá muitas chuvas, que inundarão as ilhas deste Rio e deixarão submersas as palhotas dos quilombos, arrasarão os vastos campos de milho, algodão e sisal, haverá muita fome e os varões e varoas mortos regressarão encarnados em corpos alheios, de modo que um fenómeno estranho, sem precedente, assentará estas terras; doravante verão mulheres ocupando o corpo de homens e vice-versa, pois os forasteiros corrompidos pelos do lugar, perverteram os nossos costumes, hábitos testemunhados nestas terras, como o que presenciamos. Transformaram esta possessão em praia nudista e fornicaram aos nossos olhos vergonhosos das práticas nunca aqui vistas e inimagináveis. O grande Rio transbordará e derrubará as pomposas casas destes forasteiros, e os filhos que eles gerarem, serão inférteis nas várzeas secas das mulheres do lugar com que eles tentarão acasalar, por ciclos e por várias gerações, até eles se ajoelharem aos nossos pés e redimirem-se das suas práticas, seja por tal que os perseguiremos até aos seus bornais[68] do escroto, os atazanaremos até ao sémen, os atazanaremos até aos vossos celeiros, para os quais mandaremos vermes e gusanos que os destruirão por dentro, antecipando a podridão dos frutos das vossas searas, e deixando-os petrificados ante a beleza exterior dos frutos.

O rosto de Dona Luísa pôs-se todo avermelhado. Corava de tão envergonhada e de tão incrédula de ouvir a genuína confissão do crocodilito.

— Sekulo, há possibilidade de invertermos esse presságio? — Indagou ela.

— Não me pergunte a mim. Aqui está o crocodilito, para lhe responder às dúvidas.

— Quero saber, Crocodilito: como é que te chamas?

— Meu nome é Bongolo, descendente do Bonga.

---
[68] Sacos.

— Ah, Bongolo! Lembro-me que morreste depois de atacado por um crocodilo, enquanto te banhavas no Rio.

— Morrer nunca morri, como se pensa que se morre, desgraçadamente. Eu fiz por mudar-me do corpo, mudar de tempo. Antecipei-me à morte, ganhando outra fecundação. Nasci-me depois de cair no futuro.

— Eu sou irmã do Bonga, embora de barrigas diferentes tenhamos vindo à luz do mundo.

— Como está o meu pai?

— O teu pai continua aquele mesmo egoísta e vândalo de sempre.

— Quando acusas os outros nunca te esqueças todas as estrelas dos céus estão exactamente a olharem para ti.

— O que se passa é que tendo eu perdido os índices de ambas as mãos, já não acuso; acusam-me os demais. — Brincou Dona Luísa.

— Se não tens dedos das mãos com que a outrem acusares dos crimes, utiliza os dos pés.

— Sekulo, o que o crocodilito quer dizer?

— À falta de acusação ninguém é totalmente impune.

— Bongolo, podes dizer-me quem é aquele crocodilo que te acompanhava?

— É o meu avô, Joaquim José da Cruz, o Nhaúde. Dona Luísa, sempre altiva, voltou-se para mim e censurou-me:

— Já viste, Livingstone, tu não me deixaste tratar com os meus parentes, tanto como eu pretendi.

— Ele acha-se no mesmo lugar, onde está à minha espera. — Afirmou Bongolo.

— Dona Luísa, terás que regressar já ao sítio, ou jamais encontrarás o Joaquim José da Cruz. A acontecer isso terás que o levar para a laguna.

— Já viste o prejuízo que me causaste, Livingstone? — Inquiriu-me ela.

— Daqui até lá é só um canto de galo!

— Que queres com isso dizer, Livingstone?

— É ir num pé e voltar no outro.

— Depressemos, antes que se faça tarde. — Propôs-me ela.

— Qual é a possibilidade que temos de parar com esses demónios do mal?

— Exorcizemos. Tragam cá mapira, milho, marfim. Os ancestrais pedem de vocês uma indemnização.

— Não te preocupes, Luísa, tenho muitas pontas de marfim na minha mala de viagem. Dar-lhes-ei aquilo que necessitarem.

— De mapira[69] e milho trato eu. Alguns dos meus súbditos, que não têm reis, a nossa moeda, pagam-me o tributo em espécie.

— Se querem evitar a tragédia, é bom regressarem já e ainda hoje realizarmos o ritual.

— Quando regressarmos, Sekulo, já a noite penetrou no dia.

— Nunca ouviste? Todo o feiticeiro que é digno desse nome só trabalha depois do pôr do sol. — Explicou o Sekulo.

---
69 Milho miúdo, usado na alimentação e no fabrico de bebida fermentada, também chamado mapila.

Fomos à chácara, onde encontramos o Joaquim José da Cruz, que aguardava pacientemente pelo Bongolo. Durante duas horas vi Nhaúde falar com a filha, Dona Luísa. Esta arrancava-lhe todas as novidades dos mortos das catacumbas, pelo que a entrevista demorou. À despedida, ela abaixou-se ternamente e afagou o pai e o sobrinho. Chegamos tarde a Goengue e o Sekulo não nos pôde atender de imediato. Tinha o consultório cheio. Pelo que nos pusemos na fila. Passamos toda a noite assim, pois defendendo ele a sua independência, recusou-se a dar-nos prioridade. Foi o que vimos. Na madrugada caiu uma trovoada, que matou uns quantos pretos. Seguiu-se a uma forte tormenta, que sacudiu as árvores. Derrubou palmeiras e palhotas. A terra fez-se como antes: escura. Seca e demasiado dura. O sol voltou a alumiar e a fustigar os sertões.

Os maridos vão e vêm na confluência turbulenta entre o mar e o rio. São como o vento que caminha descalço pelos sertões. Neste capítulo, o protagonista conta como depois do desaparecimento, por muitos anos, a encontra "casada" em segundas núpcias com António Machado.

6

Numa das minhas insondáveis e inolvidáveis[70] viagens exploratórias, pelas épocas das chuvas, num escaler calando[71] três pés, passei pelas origens de um rio, creio que seja o Urema ou o Zangue, donde naveguei sulco abaixo até ao Púnguè, entre miseráveis palhotas, abrigadas de um e de outro lado, onde vi indigentes, mulheres e homens, que cobriam as suas partes vergonhosas com cascas de árvores, alguns com tecido que lhes iam do peito até aos tornozelos, outros com dandas, nome atribuído às tangas de tecido ordinário. Vi-os ainda, como em todos os outros sertões, *cafres* amparando azagaias.[72] Os meus bons guias negros disseram-me que aqueles dois rios, assim como o Zambeze, ligavam-se lá pela época de inundações. Eu pus objecções a isso, mas ao fim desta expedição, quando desaguei à Baía de Massanzane, onde estava o Chiveve, a que iriam chamar Beira do Aruângua, conclui que nós os que nos dizíamos descobridores, apenas andávamos a divulgar conhecimentos que os nativos bem dominavam, recorrendo a uma tão remota ciência de observação de mapas geográficos, que bem cabiam

---

70 Inesquecível.

71 Descendo.

72 Lança curta de arremesso, constituída por uma haste de madeira e uma ponta de ferro, zagaia.

nas palmas das mãos deles, o que nos saía totalmente do controlo. Não me ocorrera nunca antes que o Zambeze se comunicasse com o Púnguè. É verdade verdadeira que não o podia fazer de vapor, senão no novo escaler que me enviaram da Inglaterra, muito a despeito. Impressionou-me ainda que os meus guias me tivessem dito que tínhamos à mão o rio Búzi e, mesmo aí ao lado, Sofala, onde estava a Fortaleza de pedra e cal que os portugueses mandaram construir. Delirei a pensar que finalmente estava ali a caixa de pandora, pois navegando por aqui pouparia muitas léguas à rota do ouro de Manica, Sedanda e Quiteve, viabilizando-se ainda mais as trocas comerciais. A aferição da comunicação entre Urema e Púnguè não é diferente do da determinação da origem do rio Nilo. Em todo o caso, nesta viagem, sem sequer imaginar nem supor, dei com Dona Luísa e António Machado a subirem pelo rio Púnguè, num escaler daquela, num rastilho que os levaria a cruzar os pequenos rios Zângue, Múcua e Macombeze, que se abraçavam entre si até se ligarem ao Zambeze. Procedentes de Sofala, aqueles dois traziam muito pano, *missangas*, pérolas e diademas do Oriente. O susto foi tremendo, para mim. Para ela, nem tanto, habituada àquelas surpresas. Tentei esconder-me, debaixo da amurada, mas ela que me pareceu reconhecer até ao ânus, ao cruzar com a minha embarcação, gritou, na sua maneira muito cortês e natural:

— Ó, Livingstone! Ditosos olhos te vejam!

Paramos no meio do rio e nos entrevistamos. Eu fingi que estava de bom humor, mas os meus pés tremiam, sem chão nem céu onde pisarem. Fui levado por uma grande dificuldade de controlar o susto. Em todo o caso, estava aí o testemunho daquilo que me alertaram os alarmes dos escravos. O meu coração sempre fez crer que era eu o único com quem ela saía. Uma mentira que eu cultivava dentro do coração, para me tranquilizar, pois não há maior inventor de mentiras que uma paixão cega. O meu ego só ouvia a mentira do meu coração obsecado pela possessão.
— Não há rio mais emerso que o Zambeze. Começa próximo da fronteira do Zaire com a Angola e termina na Índia. — Gracejei eu.
— O Rio mais emerso que eu conheço é o meu coração vadio, que não sei onde nasce nem onde desagua, embora com afluentes por muitos braços sem foz. O meu coração é esse Rio que assoma a outros rios iguais, com a mesma inércia que catalisa o leve voo de pássaro. — Respondeu-me ela, como tentando justificar aquele incidente.
— Eu compreendo, Luísa. Do Rio que transporta grandes volumes de água, se não pode alimentar só o próprio caudal, tende a buscar o caudal do mar; lá vai ansioso com suas porosas asas navegantes, desejoso de amar as vidas de outras águas. — Disse eu apenas pensando com os meus botões, ou seja, calado. — Quem é o muzungo que vai contigo? — Atirei-lhe de

chofre, pois a conversa começava a mostrar-se como um papel amarrotado.

— Na minha vida, os maridos são como águas que vão e vêm, umas vezes me cercam com carícias, outras pura e simplesmente me sufocam, à imagem de uma ilha como Inhacato. Os bons maridos são como o vento que caminha descalço pelos sertões, arrastam tudo numa carícia, sem aleijarem o chão.

— Não lhe posso saber o nome?

— É o António Machado, capitão-mor do exército português, na reserva.

— Machado? Que pomposo apelido; mas justificado, pois acaba de me machadar!

— De toda a forma, Livingstone, nós somos só amigos. Bons amigos!

Ao longo do nosso diálogo, António Machado, que envergava o luxo de uma polaina e botas curtas, permaneceu expectante, sem proferir uma única palavra. Era amante de vida fácil, que ela bem lhe proporcionava, em troca da sua subserviência. Mostrando-se embaraçado, não escondeu os seus ciúmes. Talvez adivinhasse que estávamos em claro ajuste de contas. Finda aquela falação, cada um retomou o seu caminho. E foi assim que cheguei a Massanzane: destroçado. O Rio não desaguou aí. Foi a avassaladora tristeza que me desaguou, no rio do infortúnio amor meu já destroçado. Havia um bando numeroso de flamingos, nos baixios daquele delta, que os meus olhos não conseguiram ver. A sorte é que o serviço de bordo era óptimo. A cozinha e o bar continham farturas. Voltei a inebriar-me.

○─────────○─────────○

    Durante quatro dias e quatro noites, em Sofala, bebi muito vinho de palma, na língua do lugar *sura*, seiva fermentada de palmeira brava, que embriaga com muita facilidade. Estive ébrio como para afogar as duras penas, enfim, esquecer aquela Mulher, embora me sentisse culpado pela minha vida errante, que jamais lhe pudesse dar estabilidade, que ela me pediu na minha chácara. Sofala definhava, com uns quantos mouros e portugueses, que ali viviam por conta própria, casados com nativas. De ouro, nada. Daí, velejamos pelo mesmo trajecto, até ao Goengue. Depois daquele golpe, não retornei a *aringa* da Dona Luísa. Vagueei entre Quelimane e a Ilha de Inhacato, cada vez mais arregalando os olhos às choças, rendido à beleza das *samatras*, coberturas de folhas de palmeiras entrançadas, para abrigarem das chuvas e dos olhos curiosos de europeus. Ela sabia que eu andava algures. Dividia o tempo perdido e absorto na contemplação dos antílopes e na conversão das ovelhas. Mandou o *língua* João Abundâncio, que me chamasse, aproveitando-se da ausência de António Machado, da Casa-grande.

    — Querido Livingstone, és um homem sensível, sábio, mas não te desejo magoar. Aconte-

ceu que passaram dois anos, nove meses e oito noites, desde que sumiste.
— Ah, sim?! Foram mais de dois anos?
— Com certeza absoluta!
— Pensei que tivesse sido só uma semana.
— Não. Nós, as *donas* dos prazos, não suportamos a ausência de homens por longos períodos, não suportamos jejum de longos períodos, para além de dois anos.
— O que queres dizer?
— Onde há caril[73] tem que haver a pasta de cereal. Quero dizer-te, despe-te: vou já curar-te a erosão que te causei, as tuas apoquentações de coração.

Arrastou-me pelas suas mãos, até ao seu quarto de casada. Ela tinha uns dedos delicados, que me despertaram a emoção. A minha sensibilidade cresceu com os afagos que me foi dando ela ao corpo. De repente, acordei daquele túnel solar para que me sentira levado:
— Luísa, eu não posso! A fornicação é um pecado.
— Livingstone, pára de ser contraditório! Tu nunca me quiseste para ser Mulher do teu lar. És meu bom amigo. Confesso-te uma vez mais: tenho abundantes maridos como fazer-te refém dos meus caprichos? Cada homem com o seu pouso no escaparate,[74] cada homem com a qualidade do seu brilho.
— O que queres com isso dizer?

---
73 Molho feito com leite de amendoim, castanha ou coco.
74 Armário envidraçado, redoma.

— Se um tabuleiro contiver todas as peças é porque o jogo está terminado.

— És tão sincera, que nem mesmo me magoando, a dor me põe feliz.

— De mágoas está o mundo inundado, o que precisamos é de uma dose atenuante de amor para desanuviar a maré.

— O que há entre nós é sentimentalismo. Tu curas-me as mágoas do coração e vice-versa — ironizei.

— O sentimentalismo é isso: não a posse, mas a remota infância que o ser humano busca há séculos, sem nunca o encontrar. Andamos necessitados, busquemo-lo um no outro — atalhou ela, enquanto se despia, para igualar-se a mim, pois ela fora muito hábil a deixar-me como vim ao mundo, sem que da minha parte eu encontrasse poder de resistência.

Os minutos que se seguiram foram de infortúnio para ambos nós, pois a minha carne desganhou a vitalidade necessária. Ela forçava, mas frustrava. Foram várias as tentativas, pelo que, por fim, ela se conformou, deitando-se de costas sobre a cama e sobre os meus pés. Os meus olhos perderam-se nas quatro paredes, donde pendiam peles de leões e leopardos, e, mais para o tecto, a encantadora *samatra*.[75]

— O que me parece certo é que Machado machadou-te com o licaho, magia que por estas terras é equiparável ao cinto de castidade. Ele paga-me! paga-me! — berrava desesperada, até

---

[75] Tenda ou agasalho feito com folha de palmeira.

espumar pelos cantos da boca, após o que largou a correr quarto fora. E foi assim que reconheci o seu carácter violento, vingativo e destemido. A zanga homérica que a transformava num ser irracional. Às vezes, brutal.

Os pretendentes de Dona Luíza recusam-se a ser a fauna acompanhante. No capítulo a seguir desfilam-se, passando à acção.

7

Em tempos muito recuados, a Fortaleza de Sena contava apenas com dois pigmeus, que falavam todas as línguas do mundo e bailavam com destreza o ritmo dos *n'gomas*. Sena, tida como pertença de judeus negros, mais tarde ocupada por forasteiros árabes, que usavam barretes tronco-cónicos, conhecidos por cofiós, viu assentar nela brasileiros, indianos, portugueses, entre outros. Atraía gente de tudo quanto fosse lado do mundo, que chegava para ouvir os pigmeus falarem, segundo a lenda, mas também ávidos de conhecerem a sua feira, que era onde se vendia muito ouro da aurífera região Monomotapa. Um dos atractivos do lugar também eram os grumetes, habitantes daquela feitoria e que ganhavam a vida como carregadores, guias, intérpretes e intermediários e que acabaram por assimilar, em algum grau, a cultura portuguesa. Cidade de pequeno tamanho, consta nos relatos orais que o local já era conhecido há mais de dois mil anos, sendo provável que a Rainha de Sabá ali comprou o ouro com que presenteou o Rei Salomão, conhecido por ter tido setecentas mulheres e trezentas concubinas, antes de convertê-la em mais uma das suas companheiras.

Embora a bíblia não destaque com precisão o lugar da Etiópia Oriental, onde abundava o ouro, vozes experientes e sábias contaram-me que era para aquela cidade onde se faziam os enviados do Monomotapa que negociavam o ouro. Quando aí cheguei, Sena conservava a sua beleza milenar e nela os portugueses construíram a referida Fortaleza, que pelo formato parecia uma reminiscência da cidade de Sanna, capital do Iémen, nas margens do grande Rio, com as suas casas ao estilo oriental, de pedra e cal, com amplos balcões e terraços. O que me espanta é o facto de em nenhum dos seus relatos Preste João se referir ao Zimbabwe, fazendo quase tábua rasa de Sena, que pela sua dinâmica obrigou o Monomotapa a abandonar a colossal ruína, perto de Bulawayo, para Sedande, aproveitando o acesso dos Rios de Sena.

O meu conhecimento de história é empírico, mas a minha curiosidade é tamanha e, por isso, considero-a desbordante.

Seja como for, ali naquela cidade estava instalado um cais milenar. A relevância de Sena para Dona Luísa remontava ao facto de a memória guardar a lembrança de que muitos dos seus maridos lhe tinham arrastado as asas a partir dali. Na primeira rua, a principal, o bulício[76] era enorme. O olhar dela era convidativo. Particularmente, eu testemunhei um, o então recém--chegado, Vilas Boas, a derreter-se diante dela, ao ponto de, mais tarde, em Goengue, prescindir de uma dama francesa que o acompanhava. Tudo começara em Sena, quando Dona Luíza lá se fez, para gastar em ouro e marfim, a fortuna que amassara. Vilas Boas vagueava pela feira,

---

[76] Rumor prolongado, sussurro.

aparentemente sem nenhum foco pré-definido. De súbito, os dois tropeçaram-se num encontrão que deixou ambos delirados. Dona Luísa, que sabia ser cortês, desculpou-o e vice-versa. Eu ocupava o meu adornado posto na paisagem. Seguia-a com os olhos, mas guardando a distância necessária. Só mais tarde me apercebi que já outros a seguiam. E tal deveu-se ao facto de termos confluído todos no mesmo ponto, donde lançávamos os nossos esgares,[77] convertendo-a numa figura central, de teatro. O resultado daquilo foi um terramoto. Abalara o coração de cada um dos candidatos a "marido". Foi então que de modo cortez nos cumprimentamos, à maneira da praxe. Posto isto, os quatro pusemo-nos a fazer perguntas, tentando satisfazermos mutuamente a curiosidade sobre o que nos levara para ali.

— Eu estou a ver navios — respondi-lhes muito espontaneamente.

— No meu caso, estou a ver passarinhos — justificou-se o Andrade, que era destemido e o mais jovem de entre aqueles três.

— É Junho: Eu estou a ver passar o frio — palavreou Vilas Boas, que acreditava haver em Dona Luíza toda a beleza e esplendor da África. Vilas Boas era um galanteador.

— Cá por mim, estou aqui para saber quando é que chove — alegou Andrade, que fazia do amor a aspiração maior e jogo.

— Estou aqui para ver os escravos a serem comerciados — Pinto pareceu o mais sóbrio e ob-

---

[77] Contração do rosto; trejeito.

jectivo. Era inclinado para a diversão. Fazia-me lembrar os iníquos[78] pretendentes de Penélope em disputa do trono, na ausência do Ulisses: — Vamos apostar, a ver quem a consegue conquistar primeiro; quem ganhar o troféu será o Rei.

Ninguém sabia o que cada um dos oponentes conjecturava. Os dotes dela ocultavam o lado destemido e vingativo do seu ser. Os demais estavam longe de saber até onde ía a sua astúcia. Dona Luíza assacou[79] muito rapidamente. Vasculhava a receita para conciliar os potenciais amantes, divertir-se naquilo que a deixava possessa, numa avassaladora febre de luxúria.

Pelos vistos, todos os pretendentes andavam na rota do Goengue. O tráfico de armas aumentou o interesse por aquele lugar inóspito. Faziam menção de se referirem a isso. Ou dissimulavam. A venda de escravos podia ser a outra forte pretensão deles. Mas tarde vi-os, sem defesa, sucumbidos às chantagens de Dona Luísa. Diziam que comerciavam anéis, colares, argolas de tornozelos e pulseiras. Não passava de fachada. O primeiro era loiro, de olhos azuis muito vivos e brilhantes, magro e alto, na casa dos quarenta; o segundo, calvo, baixito, com uma pança avantajada, como se estivesse grávido. O terceiro era alto, com um ventre que começava a tornar-se avantajado. Vilas Boas, além de jovem, era

---

78 Perverso; mau.

79 Imputar; atribuir de modo calunioso algo a alguém; atribuir de maneira injusta.

atlético. Como quem se dedica a halteres.[80] Disseram-me que, à semelhança dos outros maridos de Dona Luísa, era militar da contra-inteligência. De todos os demais, o último pareceria levar vantagem, pois Dona Luísa tinha propensão para jovens fortes e ágeis, iguais aos grumetes que me transportavam de *manxilas*. Mas enganei-me: todos entravam na corrida da conquista, em igualdade das armas.

Na feira do Sena, havia seis raparigas, entre elas chinesas, indianas e mouras; as primeiras macaenses, as segundas goesas e damanensas, as últimas mouriscas, trazidas de Cartago e Marrocos. Hábeis dançarinas da dança do ventre, ocultando o propósito, já que ali estavam buscando prostituir-se ou arrumar casamentos com os reinóis. Em volta dessas mulheres estavam homens solteiros, que as contemplavam, a duras penas com o latejar das virilhas, enquanto, ao som do batuque tocado por um negro, elas davam gosto aos pés, ondulando-se como vagas a descoberto, dilatando ou comprimindo os ventres e as cinturas, conforme a ressonância musical. Também davam forma extravagante aos corpos, o que nos deixava, a todos, pasmados ou mesmo boquiabertos. Era só ver os gentios admirados e exta-

---

80 Equipamento de ginástica, de tamanho variável, constituído por uma barra com duas esferas ou discos (fixos ou móveis) nas extremidades, utilizado para exercitar os músculos.

siados, como se tal fosse coisa de outro mundo, pois eles tinham um fraco pelas mulheres exóticas, nem mesmo quando não lhes pudessem tocar. Embevecidos, os gentios sorriam a toda hora e comentavam entre si, acerca daqueles ventres descobertos, que os despertavam para tentações obscenas, ainda que imaginárias.

Os *cafres* que tinham acesso ao espaço comum da feira eram forros (escravos libertos). Mas ali à mão viam-se outros escravos a serem vendidos. As mulheres eram geralmente mães e raparigas; as primeiras usavam cabelos curtos, as segundas usavam tranças, todas elas descalças, com muitos colares de *missangas* e pulseiras de prata, *piercings* de moedas no lábio superior, os corpos untados de óleo de coco. Quanto aos homens, eram jovens e adultos, sãos, de saúde, os corpos tatuados à ponta de faca.

Todos eles se achavam arrebanhados, como num curral, e portavam distintivos dos seus proprietários. Estava ali um escravo com feições belas e inteligentes, a testa extensa. A este Dona Luísa olhou-o com certa compaixão. Tendo concluído que lhe poderia servir, pagou bom preço por ele e levou-o à Casa-grande. O episódio tinha semelhança com o caso de João Fazbem, cujo jogo acabaria raiando pela perversão, como quem prova o incesto.

No entanto, a azáfama naquela feira era grande. A Mulher tropeçou com muitas das suas amigas, igualmente *donas* dos prazos, as voluptuosas Leopoldina Pereira, Júlia de Carungo,

Inês de Castelbranco, Catarina de Faria Leitão, Inês Gracias Cardoso e Francisca, afamada Chiponda, agora viúva pela quarta vez. Todas elas usavam roupas vistosas, à maneira europeia. Conhecida a soberba das *prazeiras*, cada uma levava o seu marido, arrastando-os pelas mãos, como se os atrelassem com cordas. Algumas vinham dos sertões distantes, algures em Tete e Quelimane, a despeito daquela muito concorrida feira, de que elas se aproveitavam para dois dedos de conversa entre si, antes de voltarem a tomar os seus escaleres e voltarem à procedência.

 Entretanto, eu me entretinha a estudar os olhares alheios sobre elas, as atenções muito veladas dos *muzungos*, alguns aproveitando a situação de os maridos as terem deixado livres, as interpelando, como que tentando negociar algo. O que dava campo a grande promiscuidade com elas. Alguns, desprovidos de palavras com que as conquistar, faziam-lhes dádivas e ofertas. Em galanteios prometiam rios e mundos maravilhosos. Céus e terras em amor. Tudo e nada de que andavam providos.

 Dona Luísa detestava homens românticos, por estes darem grandes preâmbulos, quando ela tinha pouco tempo, pois operava na justeza da medida, para agradar a todos, cada um a seu turno.

 — Homens românticos são como o vento que ateia o fogo às entranhas e, no entanto, deixam-nos permanentemente a arder — ironizava ela, a falar com as amigas.

— Enganas-te, Dona Luísa! Homens românticos, em atitude são doces como o melão, doces como a melancia, como o abacaxi, mas breves como o chuvisco — contestou-a Dona Francisca, que se dizia experiente em assuntos masculinos. — Admiro os homens românticos: têm a chave exacta com que acender o vulcão, a pólvora mais susceptível de pôr a saltitar a alma de uma mulher.
— Tu, Dona Luísa, não sabes o que perdes! Os únicos homens que sabem amar são esses que coloram as palavras. Amor sem palavras coloridas não é nada — acrescentou Dona Júlia do Carungo.
— Concordo, Dona Júlia! Amor sem pinceladas nos rebordos da paisagem de uma mulher é um Rio sem graça, sem história — ripostou Dona Leopoldina.
— Amor sem o mel das palavras torna-se tão vago como uma margem fugidia do rio desencontrada da outra — era Dona Inês Castelbranco.
— Um amor que não tem poesia é o mesmo que o terreiro e a palha seca ao sol: pode arder do dia para noite sem necessitar de nenhuma pólvora, Dona Luísa — palavras de Dona Carolina.
Chaponda atalhou:
— O coração de mulher é assim, onde há semente e água não há planta que se recuse a germinar.
— Aceito as vossas contribuições. Merecerão toda a minha atenção — condescendeu D. Luísa, irónica. — Portanto, já está tarde. Partamos.

Enquanto deixávamos a cidade, um a um, os meus convivas aproximaram-se dela. Não sei do que trataram. Podia ser da hospedagem na pousada. Não vi uma única vez Dona Luísa dizer não.

○────────○────────○

Quando nos dispúnhamos a partir, o possessivo e musculoso Vilas Boas antecipou-se a mim, colocando-se ao pé de Dona Luísa, pelo que, sacudido, e mais pela minha moral cristã, fiz-me passar por imbecil e estuguei[81] o passo, a ver o que aconteceria a seguir. Os dois foram desfiando o novelo da conversa. Pouco a pouco fui ficando para trás e o meu antigo interlocutor tomou as rédeas da situação e os dois lá deixaram a primeira e a principal rua da cidade de Sena; caminharam até cruzar o cais, onde estava o escaler daquela. Fui seguindo atrás, a passo lento. Os dois dividiram os seus destinos. Eu fiquei emerso em terra. Entretanto, apareceu o Abundâncio, que me exibiu dois jornais, o *Diário da Tarde* e o *Economista*, respectivamente do Porto e de Lisboa. Li-os na diagonal. Muito brevemente. E devolvi-lhos. Foram publicações que João Pereira encontrou para acomodar os seus artigos. O articulista, que viajou comigo pela África Central e pelos Grandes Lagos, gabava-se de me ter fornecido muitas informações nessas expedições. Chamou-me ingrato, quando

---

81 Apressar (o passo).

buscava protagonismo com tais ataques que o favoreciam. E quanto ao que o levou a destilar toda a raiva contra a minha pessoa são as denúncias que fiz sobre os escravocratas e a escravatura. No jornal *New York Herald* eu havia denunciado o tratamento desumano a que estavam sujeitos os negros, às mãos dos portugueses, nas margens do Rio Zambeze. A minha própria qualidade de estrangeiro assustava muitos, daí o motivo porque eles se me referiam com todos os ataques, a golpes de catana, para acabarem com a minha raça. Seria demasiadamente extensa a narração circunstanciada dos factos que então se deram. Aliás, Abundâncio ma dispensou. Ele, que antes os leu, mostrou-se solidário comigo e apontou o caso dos escravos não comerciados, que ao tempo eram guardados na Fortaleza de Sena a cada noite, presos pelas manilhas e pelos libambos, atados entre si, com grilhetas nos tornozelos e mãos. Havia um escravo livre, Rondinho Ofício, que tardou mil e um dias a ser comerciado. O negócio só corria mal ao amo do Rondinho. Ele via escravos chegarem e partirem para todo o mundo. Também via os fugitivos serem reconduzidos violentamente para o mercado. Rondinho, que nunca conseguiu a alforria, era o caso do escravo especialíssimo. Prometia. Como o que a personagem Uma Voz, da Odisseia, a Telémaco recomendara vender a bom preço na Sicília.

    Rondinho guardava outros escravos, reincidentes de fugas. Era o escravo mais caro que conheci, porque falava melhor português que as *donas* e escrevia. A cada arrematação, o seu amo, Rufino Ferrão, inflacionava o preço, porque ao Rondinho ensinara ele o melhor de inglês e francês. E mais inflaccionava ainda, ora porque ao escravo ensinara ele a comer com garfo e faca, ora porque sabia cortejar as mouras e goesas, ora porque guardava a maior cobra detrás da braguilha. O amo do referido escravo obsequiava-nos com o seu bom humor. Orgulhava-se por o escravo ter a capacidade de fazer a côrte e ser dotado da arte de poetar, que muito impressionavam as *donas*. A ele dava de vestir as melhores roupas. Mais alardeava o referido amo que conhecia os irmãos Bonga e Inhamisinga, sobre os quais nutria acentuado desprezo. Rondinho era o único preto que fazia as festas do corpo com aquelas prostitutas, sem pagar e valendo-se da sua boa expressão linguística. Todos os candidatos ao prémio viviam curiosos para confirmarem com os próprios olhos aquilo que o outro dizia ser o escravo capaz. Até que naquele dia, o mais persistente dos concorrentes, pretendendo desmentir a teoria, montou vigilância e apanhou o amo a pagar a uma daquelas prostitutas. O estafador[82] perdeu uma soma elevada em dinheiro. Abriu falência e para honrar a dívida deu o próprio escravo de fiança. Para garantia de pagamento do crédito. Uma obrigação pura. E o débito durava já cinco anos sem que tivesse sido pago, pois os juros aumentavam diariamente.

---

82 Esbanjador.

Enquanto desamparadas e velhas, na hora da retirada vi, pessoalmente, Dona Francisca e Dona Teodora de Matos, viúva pela terceira vez, a baterem-se por esse escravo. O aluguer dele custava um balúrdio. O beneficiário era o retente. Não tenho testemunhas, mas dizem que em duas ocasiões muito recentes, como que à busca de uma saída para se evadir da rotina, Dona Luísa requisitou-o, para uma noite de volúpia e amor louco, à beira-rio.

Nos episódios seguintes descreve-se a prisão da protagonista, que ainda assim, lasciva, converte os carcereiros em dardos da sua luxúria. Desvenda-se aqui a ingerência da monarquia na intimidade da Vénus do Rio Zambeze, e como disso explora.

8

Escapar aos dentes de crocodilo e cair duas vezes nas garras do leopardo. Resumir-vos-ia assim as prisões de Dona Luísa. Naquela primavera de Setembro, embarquei na cidade de Sena de regresso a Goengue. Acampei em Inhacato. Abundâncio despediu-se e seguiu destino à *aringa* da Dona Luísa. Durante aqueles dias, lia eu *Romeu e Julieta*, de Shakeaspere, quando Abundâncio apareceu na minha chácara. Não me pareceu calmo, como de outras vezes. Respirava ofegante. Os lábios trementes. Disse-me que sozinho remara o escaler até aqui, porque soldados portugueses do Comando Militar do Goengue a tinham castigado e apressado. Mandaram-na a Ilha de Moçambique. Chorei de forma tão franca e copiosa. Foi a primeira vez que me vi a chorar. A prisão só não é uma garganta escura para quem lhe desconhece o fundo, até ela inadvertidamente tomar para si aquele próximo que tanto amamos. No caso, eu gostava dela. E tremia todo. O chão que suportava os meus pés parecia ter sumido. Parecia ter-se aberto debaixo dos meus pés algum abismo, que ameaçava engolir-me.

Abundâncio, que escapara dessa prisão, olhou para mim, severo:

— É aquela laguna a dar confusão. Uma conspiração dos colonos portugueses do Goengue. Acusam-na de nela ter atirado alguns dos seus escravos e maridos.

Muito emocionalmente, suspirei: — Não, Dona Luísa nunca faria uma coisa dessas! Praticamente desde que Bonga lançou a criança nela.

Abundâncio investiu: — Cada um tem a sua cruz, mas no caso da Dona Luísa Michaela Rita da Cruz, a cruz começa com o apelido e a ele assomam-se outras desgraças. Porém, eu compreendo-te, Livingstone. A paixão cega. A paixão emudece qualquer homem de boa fé. Não tens quarenta anos como eu. És escocês e estás ao serviço da coroa britânica. Gozas de todas as mordomias. És viúvo e não pretendes regressar nunca para a fria Escócia. Deus te perdoa a ti, mas não a perdoou de levá-la prematuramente na própria cruz. À primeira tentativa de prisão escapou ela, graças ao Belchior. Agora Belchior teria que sair das trevas em que se enrodilhou, no seu sumiço, para a safar.

Perguntei-lhe: — Referes-te a que Deus, ao antepassado dos africanos, Mulenge, ou ao dos *Muzungos*, todo-poderoso e omnipresente?

Ele atalhou: — Falo de Deus-Deus, o que está nos céus e na tua bíblia.

Afirmei: — Já vejo que começo a colher os frutos. Tens aprendido muito bem.

Propôs-me o Abundâncio: — Temos que seguir os apresadores dela.

Cocei a cana do nariz, onde o suor me corria em sulcos, prestes a afogar no chão: — Vamos, que se faz tarde!

Entretanto, à nossa partida para a Ilha de Moçambique, no Sekulo levaram-nos o Chiúta e a Dona Maria, irmãos consanguíneos de Dona Luísa. Aquele nos preparou um *mitombo* de cobra, que segundo ele, obrigaria os guardas da prisão a abrirem as portas de par em par, deixando-as escancaradas e acessíveis à fuga daquela. O que nunca aconteceu.

Entretanto, entre as minhas memórias de estadia na Ilha de Moçambique, recordo-me retintamente da emersa Fortaleza de São Sebastião. O seu terraço ocupado por peças de canhões de rodas. Os soldados alertas e com dedos nos gatilhos. Era aqui onde estava apresada Dona Luísa. Dedicando-se à cestaria, a olaria e a produção de outros utensílios rudes de madeira, como batuques e pilões, ela se adaptara rapidamente à prisão. Recordo-me que fez ela ali amizades com o director e o sub-director da prisão, respectivamente Domingo Salgado e Olímpio Sábado. Belo trocadilho de nomes. Homens solícitos e prestáveis. Recordo-me de ter ceado com eles, na minha curta instância na Ilha. Falaram-me que a princípio Dona Luísa, sempre altiva, resistiu à integração, depois se conformou. Bebemos algumas cervejas e caminhamos pelas calçadas, onde Sábado me não deixou de mostrar o seu fascínio pelas mulatas esbeltas e muito giras,[83] que

---

[83] Interessantes.

usavam a máscara de pó branco, mussiro,[84] além de se enfeitarem com *missangas*. — Quem sabe, essa é a herança que recebemos de Camões, que aqui morou três anos e a chamou Ilha dos Amores — descreveu-me Sábado. E assenti eu: — É, pois, Camões, o primeiro poeta desta Ilha. Ele, já visivelmente embriagado, respondeu: — Com certeza, Camões deve ter sido o aventureiro que mais coleccionou filhos por esta Ilha dos Amores e por estas terras índicas emersas.

Recordo-me também que me hospedei na pousada da Ilha, onde, pela noite, chegavam pardas mestiças e negras giras, para servirem de damas de companhia aos visitantes. Abundâncio caiu como um pato dentro da lagoa, por uma negrita muito gira. Recordei-lhe que ele era casado, ao que ele, galhofeiro, ainda recorreu a uma célebre frase da Dona Luíza: — Já é tarde! Creio que o pecado original já tinha sido cometido.

Ainda não nos tinham amuado com imagens de baptismos dos escravos na Igreja de Santo António, à véspera de demandarem pelas ilhas do Índico, Atlântico e Pacífico.

Ao tempo em que lá permanecemos, durante as horas monótonas, dedicávamos a apanhar corais, vagando em grandes quantidades nas praias. Nas horas de expediente, desdobramo--nos a tentar obter a transferência dela, daquela que era a capital de Moçambique, a Quelimane,

---

[84] Creme de beleza, de origem vegetal, obtido a partir de uma planta que, raspada nas pedras, dá origem a um pó branco, usado pelas mulheres, sobretudo maometanas, para amaciar a pele, sendo aplicado como máscara.

a segunda cidade, que dista a cento e oitenta léguas do lugar. Depois, pelas noites, eu punha-me a beber uns copitos, enquanto Abundâncio, sempre bem vestido, fazia das suas, em escapadelas. Quando fechava o bar que estava na beira da Fortaleza de São Sebastião, lá ele vinha ter, acompanhado daquela negrita, como já se disse, muito gira. Abundâncio tentava impressionar a rapariga fazendo-se passar por súbdito daquela aristocrática *dona*. A negrita não conseguia discernir o foco, mas ainda assim, as zonas escuras deixavam-na mais apaixonada. Estimulavam-lhe a libido.

 Depois daqueles serões[85] eu recolhia aos meus aposentos. Abria a janela e punha-me a ver a lua às carícias com as roliças águas do mar. Por duas vezes coincidiu abrir a janela e ver uma hipotética escultura, que bem me parecia uma oleira voltada ao mar. Desta feita, mal a abri, lá estava o sipaio[86] da pousada que ainda há uns dias me confidenciara que rapariga de que Abundâncio se amigara gostava de estranhos. Estava disposta a preterir seu amante. Desta feita, aconselhou-me rotundamente a abandonar o lugar, porque "já é tarde". Depois apercebi-me que ele tentava ocultar algo. Franzi muito bem os olhos. Voltei-me para o quarto escuro e mergulhei as mãos na cabeceira. Tomei os óculos, com que vi um vulto que se movia, no lugar onde eu julgava

---

[85] Trabalho feito de noite, fora do horário normal.

[86] Nas antigas colónias portuguesas, indígena recrutado como membro subalterno das forças policiais ou militares; soldado.

haver estátua. Saí imediatamente em direcção ao vulto. Lá estava a Dona Luíza, entregue aos braços do director-adjunto da prisão. Em gozo do seu estatuto de reclusa privilegiada. Nada a fazer, senão conformar-me. O sipaio rematou:
— Depois que atiraste a lança não podes mais segurar o cabo.

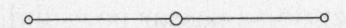

———o———O———o———

A ilha, de três quilómetros, parece-se com um barco encalhado. Os assuntos e as vidas dos seus moradores nunca passavam despercebidos do comum dos mortais. Por isso, toda a gente conhecia o estatuto daquela detida. Na secção feminina onde a visitamos, Dona Luísa fazia do ócio uma ocupação, entretendo as mãos e o tempo, em milagrosas obras de artesanato e de cestaria, como já se disse.

Coincidiu a nossa estadia ali com mais um ataque militar dos holandeses à Ilha. Domingo e Sábado confidenciaram-me que na tarde daquele dia na *aringa* do Goengue os gentios ter-se-iam revoltados. Exigiam a soltura da Dona Luísa e prometendo marcharem até à Ilha, caso o pedido não lhes fosse satisfeito. A penitenciária tinha a carta branca do governador da Província, Augusto de Castinho, que a autorizava a libertarem-na, se se impusesse a questão de decidir entre a vida e a morte da Mulher.

Os dois carcereiros aconselharam-me a abandonar o mais cedo quanto possível a Ilha.

Disparavam frenicamente os holandeses, que tinham boas armas de guerra. Abundâncio não estava. Era como se caçassem golfinhos e tubarões. Antes da coisa se ter posto mal, as tropas portuguesas, que contavam com aqueles reduzidos e arcaicos canhões de rodas esparsos pelo emerso terraço da fortaleza São Sebastião, confundiram os *verylights* das armas com os pulos dos golfinhos, demais a mais por causa da pele reluzente destes animais, à noite. Durante alguns minutos não reagiram ao assédio. Quando as balas começaram a chover sobre o terraço, tocou aos portugueses a grande réplica. Os holandeses vinham em oito grandes naus. Eram muitos, enquanto os rivais, poucos, mas tenazmente resistentes, que os desbarataram. Nesta circunstância, na pousada eu preparava o meu plano de contingência, já que os atacantes deixaram aberta a ala que dava para a terra firme, por onde me podia eu escapar. Foi quando ouvi fortes sacudidelas, safanões na minha porta de hóspede. Era o Sábado, magro e o mais hábil entre os dois, que deixava a sorte da Dona Luísa em minhas mãos. Disse-me ele que o Castilho ponderou uma emergência, que ante o assédio dos holandeses melhor seria a libertar e a todos os presos. A alguns cadastrados altamente perigosos deixaram-nos na cela, pois tanto fazia se vivos na prisão, se mortos em suas celas.

    Cobri Dona Luísa com a *manchila* marchetada a ouro. Parecia um *sari* daqueles que usavam as dançarinas árabes, da dança do ven-

tre. Levei a minha maleta e a dela, uma em cada mão. A maleta dela era de coiro. Avançámos até ao cais. Sentei-a na camarinha. Pus o Vapor a funcionar e movimentámo-nos para a terra firme, e aqui dei com o meu acompanhante abraçado à sua companheira.
— Livingstone, esta é a minha Aminata.
— É um prazer conhecê-la — respondi eu.
— Aminata, este é o missionário Livingstone — acrescentou.
— O prazer é todo meu — replicou ela.
— Para onde levas essa mulher, Livingstone? —Abundâncio perguntou-me.
— Toda a gente está abandonando a ilha. Primeiro suspeitou-se que eram ataques dos holandeses, mas, pelo que vejo, é um ataque dissimulado da cobra — ironizei. Depois enfatizei:
— Nunca pensei que terias dificuldades de reconhecer a Luísa, vestida de *sari*.
Ele franziu mais as vistas e observou:
— Ela parece mourisca,[87] acanelada como é. É impossível distinguir uma mulher de qualquer outra, no caso, se vão vestidas de *saris*. Os *saris* amouriscam as mulheres, as raças e as religiões parecem ganhar vizinhança sob elas. A Dona Luísa, aqui a temos.

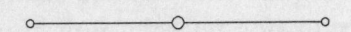

Embarcamos em direcção a Goengue, favorecidos pela monção. A estação das chuvas

---
[87] Relativo aos Mouros.

apanhou-nos pelo caminho, prenúncio de que os mosquitos voltariam a fustigar-nos. Sofremos desalmadamente durante dezoito dias e dezoito noites que durou a viagem. As trovoadas deixavam o céu claro. O côncavo céu era a boca do inferno. O cacimbo[88] espesso mergulhava a terra numa diluviana treva. Passamos por Sena, onde a chuva fizera o Rio transbordar, em torrentes bastante sujas, com redemoinhos que rodopiavam a nossa embarcação. Arrastava consigo tufos, plantas, palha e trocos arrancados às margens, pela força do caudal. A água subiu até à Fortaleza e os soldados e escravos foram obrigados a passar a um edifício velho, sem cor. Víamos pelas ambas as margens antílopes, inhacosos, leopardos e elefantes. Víamos manadas de búfalos, pois o pasto junto ao Rio era enorme. Em Goengue, um grande largo estendia-se num raio de trezentos metros. O espaço, bastante húmido, estava cheio de *anquilistoma*, mesmo assim os gentios juntaram-se ali. Receberam-nos no cais, suportando a espera de uma semana. A recepção foi muito calorosa, pois não faltou oferta de flores. Dona Luísa pôs-se no centro da multidão. Montada na sua rede marchetada a ouro, cumprimentou os gentios. Enterrada naquela *manchila*, de cima via as pretas com lenços que cobriam a carapinha hirsuta. Pareceria uma raposa medrosa, pois não discursou como não desfiou o rosário de palavras que preparara

---

[88] Nevoeiro denso e úmido que se forma ao anoitecer em certas regiões costeiras africanas.

no caminho, com a promessa de que faria tremer a Rainha D. Maria II e a deixaria molhada com o seu verbo vernáculo e viperino,[89] em reacção à referida injustiça.

Houve batucada e os pretos lançavam gritos lancinantes e de alarde.

Apesar de Dona Luísa não se ter demorado muito naquele largo, era visível nos olhos dos súbditos, um firme sinal de cega obediência. Dois militares que tinham participado na prisão dela assistiam aquele alarde. A estes ela olhou-os, com arrogância burlesca e com o mais vil desaprecio.

O céu alagado parou de perder a água, pois alguém fechou a torneira, que Deus esquecera aberta e que enchia a terra.

O sol emergiu maravilhoso.

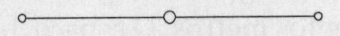

———o———o———o———

Antes que passe ao episódio seguinte, devo-lhes descrever o papel do sinistro Abundâncio, na vida da Dona Luísa. Que não restem nunca dúvidas. Para quem não o conhecesse, Abundâncio era uma pessoa que morava na *aringa* da sua patroa, como um dos seus inúmeros serviçais. Mas em termos de espécime, se Dona Luísa era traiçoeira para o Governo da coroa, Abundâncio o era para os maridos daquela Mulher e a generalidade dos escravos e os desafectos dela. Tinha uns olhos inteligentes e um aparente aspecto de

---
89 Perverso.

homem de paz, não fosse o diabo tecê-lo. Abundâncio, de hábitos caprichosos, era das poucas pessoas a quem Dona Luísa confiava os seus segredos e, por ossos do ofício, nunca os partilhava com ninguém. Como um bom rato, mordia e soprava. Por trás da sua malvadez havia uma personalidade bipolar. Ele preparava os esquemas dela com astucia e rigor, espantosos. Desde o primeiro casamento, até ao último, nada, nenhum detalhe se lhe escapara do controlo. Mestre e sabujo na arte de ludibriar. Punha a sua língua doce ao serviço. Nisto sempre colhendo vantagens. Não sendo por acaso que à profissão que exercia perícia Dona Luíza o avençava. Abundâncio estudava ao pormenor a cada um dos candidatos a alcova da sua patroa, e como uma formiga branca, vulgo *muchém* ou termiteiras, inferia na destruição da mais gigante, a mais robusta árvore que fosse. Cada marido com o seu ficheiro: a acção psíquica, os movimentos rotineiros e compulsivos. Dona Luísa tinha a vocação de uma psiquiatra. Trabalhava-os, conforme a sua expectativa e esperança. Assim mesmo, foi ele o inventor do "Brinquedo da Dona Luísa", logo nos dias subsequentes às primeiras núpcias desta.

 A primeira noite de Dona Luísa com o "Brinquedo" ditou o resto do que ela haveria de ser até ao seu último dia de vida: a senhora mais cortejada em toda a história dos Rios de Sena. Casou virgem. Como iniciada que fora, durante sóis e luas aguardara com ansiedade a primeira noite de sexo. E ao longo dos anos sonhara desfrutar de um momento de plenitude com o seu primeiro homem, não fosse ele a desiludir. Belchior não teve um desempenho como ela desejara. Foi breve e furtivo. E quando ela esperava que ele a haveria de investir numa segunda ronda, Belchior, que apenas soprara e caíra precocemente e redondo para o lado oposto da cama, depois de uma volúpia dela, desatou a roncar. Pôs-se tão rígido que nem uma pedra. Na mesma noite Dona Luísa fez-se aos aposentos do Abundâncio e contara-lhe o sucedido. Bastante desiludida. Chorava copiosamente. Frustrada. Pior, Belchior ignorava-a. Não sabia do precedente, que abriu campo a insaciez dela. Ela pediu conselhos a Abundâncio, sobre como amestrá-lo, transformando-o num joguete. Torná-lo num instrumento. Um espantalho, em pessoa. E conseguiu, dando-lhe a beber porções mágicas. A sobredose anulara por completo a virilidade ao homem. Daí em diante, convertida em *dona* da situação, Belchior convertera-se num simples peão do jogo. Apenas lhe dera o estatuto respeitável e invejável de *dona*. Quanto aos assuntos do prazer da carne, disso ela passou a ocupar-se, com a cumplicidade do seu correio, Abundâncio.

    O mais racional dos seres humanos pensaria que a cumplicidade entre ambos seria coisa de fachada. Abundâncio tinha uma espécie de carta branca para ir preparando campo para outros maridos que entravam na vida dela, ao mesmo tempo em que fornecia informações relevantes ao atraiçoado, para que este se conformasse ou prescindisse da relação. Arrolava-se quase uma dezena de homens que andavam de contubérnio com ela. Nenhum abdicou. Fosse acontecer não por vontade da natureza. Havia exemplos de sobra. Os casos do António Machado e do Rodrigo Pais Machado, entre outros, que dizia-se, ela impiedosamente assassinou por rebeldes.

9

Foi preciso que o impaciente e o pouco misericordioso Padre Monclaio se fizesse à Casa-grande, sem antes dar satisfação nenhuma a Dona Luísa, para que esta compreendesse o quanto ele andava cansado e céptico com o que o vinham emprenhado pelos ouvidos. Todos os seus esforços de pregação do evangelho nas margens do Rio Zambeze pareciam vãos, como a galhada que desde o Congo vem pelo leito do Rio até ao Chinde. Pela sua calva adivinhava-se que nutria um aparente sentimento de quem cultivava trigo e colhia jóio, em campos de pedra. Sabendo que os gentios eram tementes a Deus, lá se fez ele. Atravessou o amplo quintal da *aringa*, a passos de cágado, sem esperar por nenhuma interpelação dos guerrilheiros. Mais do que o impedirem, estes o cumprimentaram com reverência devida a um representante de Deus em Goengue. E assim, evasivo, o padre subiu a majestosa escadaria que dava para o jardim. Entrou na sala, onde estávamos. Os contubérnios dela aos tumultos, os vivos, os mortos e os sumidos. Eles todos postados à volta dela. Uns distribuídos à cabeça e outros aos pés dela, e com as partes vergonhosas a descoberto. Faziam-lhe as vontades. Ela, estirada no divã, os caracóis dos cabelos como uma auréola de ninfa. Toda ébria pedia que investissem tudo, até à relaxação: o leite, toda a ciência do amor. O Padre Monclaio, corcovado mais pelo peso da idade, não suportou ao ver esse pandemónio. Confrontada com a presença do prelado, Dona Luíza manteve a destreza. Foi-lhes oferecendo mais bebida. Não fez caso à presença do pároco, que, detido no umbral, mal se aguentava ao espectáculo com que a linguajavam. O Reverendo Monclaio todo corado de vergonha, a chamou lambisgóia, imoral e devassa, responsável da seca, da peste e da fome que assolava Goengue. Aos demais, os chamou adúlteros, que seriam queimados e devorados pelo fogo do inferno, no dia do juízo final. Que não tínhamos lugar no paraíso, por nos limitarmos a oferecer aquele espectáculo indecoroso e obsceno a um ser enviado por Deus. Atrás de umas da portas de comunicação com a copa, Prudência, rapariga alta, de lindas feições e limpa, andava em bicos dos pés, já que os pesares da sua senhora faziam parte das suas pequenas alegrias. Ouvia todo o sermão. Mais disse o Padre Monclaio, em suas ameaças insolentes do inferno, que a partir daquele dia ponderava excomungar a Dona Luíza, que o desafiando e o contrapondo afirmou, com palavras agressivas, fazendo estremecer as paredes, que a medida era-lhe indiferente, por ser ela a *dona* daquelas terras, daqueles prados e daquelas caxoeiras, daquele ar, daqueles tandos. Isso causou ainda mais ira ao Padre, que voltou-se aos homens. Chamou-lhes lesmas, preguiçosos, pois com o muito que havia a fazer apenas cultivavam obscenidades como se o corpo dela fosse uma *machamba*, nome que se dá à terra arável.

Pior do que tudo, o Padre conhecia a vida de cada um dos protagonistas. Da sua procedência e do seu passado. Tratou-lhes como abelhas num ninho de vespas. Disse que aquela Casa-grande, autêntica nave com amplas salas de estar e de jantar, mobiliada com doze sofás, duas mesas brancas, cada uma com dose cadeiras, e corredores atapetados com longas alcatifas[90] persas, tendo a pousada como anexo, era um antro de sujidade mais sórdido que havia no mundo. Disse que aquela imponente morada poluía a terra, que por tal muitas crianças nasciam disformes, e o castigo que estava à vista era a cegueira do Belchior, mais de alguns casos conhecidos dos habitantes do lugar, como a de uma senhora que pariu um cabrito montês, uma variedade impossível e incrível para o lugar; ademais arrolou o caso de siameses recém-nascidos, o que abriu precedente em toda a história da existência do vale do Zambeze, para que a desgraça se espalhasse por outros lares. O Padre, que se apoiava num cajado, levantou-o, apontando-nos, como se tal fora o bastão com que Deus expulsara Adão e Eva do Paraíso. No prelado,[91] que não tinha um único dente, era visível as bochechas flácidas a moverem-se. Falou languidamente de um sem--número de negreiros que afundados ao largo do Rio dos Bons Sinais, e o que imputava a fornica-

---
90 Tapete grande, usado para cobrir o assoalho de uma habitação.

91 É a autoridade eclesiástica que, na Igreja Católica, tem o encargo de governar ou dirigir uma Prelatura ou Prelazia. Título honorífico de alto cargo da Igreja.

ção dos infiéis e dos iníquos, por aquelas terras. Embora eu não tivesse nada a ver com aquela encenação, o terror que o Padre exercia sobre mim, causou-me desconforto, um calor infernal no pé da barriga. Deus parecia atazanar-me, de tal modo que perdi o apetite. Fiz um gesto só possível na imaginação, pois me senti despido como os demais. Como me desembaraçaria daquela tenacidade? Afastei-me dos demais e, crendo mentalmente na minha nudez, vesti-me apressadamente. Da boca dele ainda caíram línguas de fogo, que era como se Deus lhe tivesse recomendando a converter-nos à sua misoginia. E nisto, o Padre que estava extenuado, conteve-se, como quem tivesse recuperado a calma e a lucidez. De súbito, distinguiu-me entre aqueles homens. Lançou-me um olhar desprezível, como se eu fosse um deserdado filho de Abrão, a tentar fugir do *matope* em que estava mergulhado até ao pescoço. Todo condescendente pergunta-me ele: — Livingstone, como é que ousa assistir a um indecoroso banquete como este? — Não cheguei à relaxação! Estou a tentar converter estes cordeiros ao protestantismo — exclamei eu. — Já é tarde —, respondeu-nos Dona Luíza: — comer, beber e amar é a santíssima trindade desta casa.

    O Padre Monclaio mesmo assim recobrou a paciência. Orou aos céus com os braços estendidos. Rogou a misericórdia de Deus. Girou sobre os calcanhares e desapareceu, descendo pelas escadas abaixo, em seus passos de cágado, o corpo trémulo, dobrado como um fusca, a cair de velhice. Ainda o vi desaparecer à frente da tranqueira. Todo taciturno.

Naquela noite, na insónia que a perseguia até às entranhas, Dona Luíza viu-se tentada a passar ao celibato.

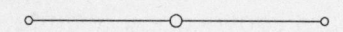

o———o———o

Na manhã seguinte, comentava-se o sucedido no dia anterior, na Casa-grande. Parecia que o poder da Dona Luíza definhava. Os "escravos da porta", os chamados *mabandazis* ou *bichos*, tinham já espalhado o episódio pelos *chicundas*, que comentavam entre si, a desventura da sua senhora. Nos comentários que circulavam em espiral, de boca em boca, os barqueiros da Dona Luíza comentavam entre si; os *caporros*, ou seja, escravos domésticos, entre si; os sapos entre si; os peixes *nsombas* do Rio comentavam entre si; os bois comentavam entre si; as ratazanas entre si; os galos e as galinhas entre si, em línguas e códigos indecifráveis; os mochos entre si prenunciavam a tragédia da *dona* daquele *luane*.[92] O nome da Dona Luíza e dos seus maridos gastavam-se a mascatear-se pelos sertões, nas *banjas*[93] de álcool. O comandante militar comentava com o feitor, o escrivão com os soldados; também os comerciantes que brigavam pelo arroto da importância comercial comentavam entre si, nalguns casos exprimindo a bílis e

---

92 Pequena propriedade agrícola (casa e quintais).

93 Reunião; assembleia.

a inveja que tinham pela fortuna da Dona Luíza. Diga-se que nas terras adjacentes que formam parte da unidade e domínio administrativo dela, os *fumos* e *sapandas*, nomes que tomam respectivamente os chefes das povoações e grupos de povoações, comentavam entre si, uns depreciativamente, para provocarem levantamento e insubordinação entre os vassalos. Talvez a sorte, o trunfo dela residisse nas mulheres dos sertões, a quem ela protegia. Sabia-se que ela desencorajava os seus guerreiros, os *chicundas*, de as violarem. Ainda assim, havia os que torciam para que ela ficasse desprovida das dádivas que acumulava. Os apóstatas[94] dos médiuns proclamavam que se realizasse um rito religioso de purificação, invocando chuvas aos antepassados, as colheitas fartas e a natalidade normal das mulheres grávidas. Assim, sucedeu que no silêncio da sala, onde me encontrava, chegaram-me vozes contínuas da raia miúda: as lavadeiras, as doceiras e as cozinheiras, que diziam terem ouvido dos escravos do comandante do Goengue que este se vangloriava por ter emprenhado o Padre Monclaio pelos ouvidos. A humilhação porque Dona Luíza passou diante dos seus súbditos e esposos era um troféu para ele. Sem embargo, doravante o mesmo assunto era mastigado até ao esfrangalho pelos carpinteiros e pedreiros do Andrade e do Aranda, pelos barbeiros e ourives do Goengue. Nos garimpos, onde nos últimos tempos se

---

94 Que praticou ou cometeu apostasia; que renunciou ou abandonou uma crença ou religião: sacerdote apóstata.

deplorava a decaída de Sena e a sua opulência de outrora, agora se não falava de outra coisa. As nuvens de gafanhotos que dizimavam as hortas e as culturas agrícolas já não estavam no centro das lamúrias. Passou a assunto trivial dos subalternos empenhados a cultivarem a intimidade das coxas da sua *dona*.

— Depois disso segue-se à bancarrota da "Grande" Dona Luíza, a senhora do Goengue — ufanava-se o comandante militar e sempre a repetir estas palavras ao parceiro da mesa, contra o qual jogava à sueca. Os dois discutiam.

— Aposto que esta é obra sua — dizia João Lobo, o chefe dos CTT, depois de o ter derrotado pela quarta vez consecutiva.

Primeiro ele ficou vermelho como um furúnculo prestes a rebentar. Desembaraçou-se muito rapidamente, ante os olhos dos demais que lhes assistiam à ilharga:

— Com pena da patroa dos teus amigos?

— Mas é com pena de quem tendo a apaixonada na bancarrota se não importará com ela nunca mais.

— Ora essa, isso é o que me faltava! — Isso, ora, há trabalho teu nisto! Pagas-me um rum se estou a mentir — exclamou o chefe do CTT que ameaçava rebentar o focinho ao comandante militar.

O comandante militar Caetano Joaquim Diocleciano de Mello e Castro olhou para o companheiro, Dúlio Ribeiro, que por aqueles dias lhe acompanhava, numa presença silenciosa, algo suspeitosa. Não disse nada.

— Conversa danada dos teus *caporros*!
— Pois, todo o Goengue sabe que tu e ele dormem na mesma cama!
— Isto é ingerência nos assuntos do Estado! — Castro exclamou, sorrindo a contragosto.
— Então, desde quando intimidade de homem e mulher na cama é ingerência nos assuntos do Estado? — perguntou-lhe Castro todo contrafeito. Ele não sabia que os demais o tinham como mandão e ressentido. Mantinha pressão sobre Ribeiro, que em tudo parecia voluntarioso, em estrita obediência a ele. Tal como se ele tratasse da real esposa do comandante militar. Trinta dias depois, como se confirmasse a suspeita de alguma conjectura que ambos preparavam, o chefe do CTT voltou a comentar, estranhando a obediência cega do Ribeiro a Castro, sobrevindo a isso o facto daquele ter levado à partida meia tonelada de marfim em doação, numa embarcação ao serviço da firma localmente chefiada pelo oponente deste último. Para tanto, concorrera uma ordem rasgada por Augusto Castilho. Daqui pairando a intriga à volta daquela onerosa contrapartida, com que se emulava o Ribeiro, que enquanto aí esteve meteu-se em tudo, na intimidade dos bichos, das árvores, dos *cafres*, até às calcinhas da *dona* daquele *luane*. E quem pagaria a factura? Certo é que Castro a haveria de pagar. Portanto, era uma questão de tempo.

No capítulo seguinte, o comandante militar do Goengue passa ao Padre Monclaio a sua emersa lista de serviço. Narra-se também a cartada decisiva para formação da República dos Prazos.

10

A Igreja do Goengue estava a um canto da pequena Vila. Era aí que se comentava os maus costumes dos proscritos da comunidade. Na sua homilia de domingo, o Padre Monclaio elegeu a comunidade cristã para falar do contubérnio que se vivia no outro extremo da vila, na *aringa* da Dona Luíza.

O Padre Monclaio gozava da vantagem da sua posição de prelado à frente da igreja. Muito do que passava na vila acabava naquela espécie de poço que era a igreja. No calendário católico a Páscoa costumava ser celebrada sempre depois de vinte e um de março. Chegava até a comemorar-se em abril. Quando o Padre pretendesse cavar mais fundo a intimidade dos moradores nobres, como o caso da Dona Luíza, antecipava-a. Os Pentecostes, que costumava calhar ser celebrado cinquenta dias depois do domingo da Páscoa, entre treze de maio e dez de junho, retrasavam-se para finais de agosto. Em julho, o Padre fazia o serviço acelerado das bênçãos às casas.

O Padre Monclaio ia muito com as tagarelices do Castro. As suas demoras na casa do comandante militar eram do amplo conhecimento dos cidadãos. Se para o Padre Monclaio Dona Luíza era uma mulher com um passado e presente tenebrosos, para o comandante militar havia muito que se lhe devia acrescentar. Um rosário ele punha a desfiar, a cerca dela. Da carnalidade dos seus sentimentos. Das suas preferências e apetências sentimentais. Culminando nos seus costumes pagãos.

E que notícias o comandante militar tinha dado ao Padre Monclaio, a ponto de o irritar? Dona Luíza saberia dos olhos feiticeiros do comandante e do colaborador que vigiavam a sua *aringa*?

O comandante parecia o rádio do Goengue. Metediço até às enzimas. Era oposto do Monclaio. Enquanto Monclaio reincidia numa velha queixa de que a grande extensão da sua paróquia o obrigava a ausências prolongadas de Goengue, deixando-o sem memória dos acontecimentos que aí se desenrolavam, o comandante vangloriava-se de que toda a vila estava na sua casa. Recordara ao Padre que o único casamento celebrado por Dona Luíza fora com o Belchior do Nascimento, para conseguir a licença sobre o prazo do Goengue. Os outros casamentos nunca tinham existido, ou se existia algo era o contubérnio.

O pobre coitado do Belchior, dizia o comandante, multiplicado em ausências, abriu a cruz ao próprio lar. Durante muito tempo Dona Luíza o suportou, pelo menos enquanto viveu como uma eremita na sua *aringa*, pelo menos enquanto lá não chegavam os turistas, forasteiros e colonos. De repente, Dona Luíza, que tinha uma cara escura e outra luminosa, ampliou-a, dotando-a de uma pousada confortável. Belchior tratava-a como uma verdadeira rainha. Para Castro, a maleita da Dona Luíza era a doença das entranhas, que lhe causavam a sede de relaxação.

A princípio, Dona Luíza dedicava o tempo a assistir as escravas que cuidavam das plantas do seu maravilhoso jardim, demais a mais para entreter o ócio, enquanto Belchior fazia-se a cargo das *machambas*, animais e cobranças do *mussoco*, nome cafre para tributo anual. O que prolongava largamente o tempo de ausência do marido.

Uma manhã, um belo sol caía na varanda onde ela costumava sentar-se, entretida a despachar ordens às criadas que cuidavam do jardim, das suas palmeiras, dos seus avelós, cactos e beijos-da-mulata. À pousada chegou António Machado, vestido de um fato de linho branco, chapéu branco de abas curtas, com uma fita castanha que combinava com os calçados. O hóspede tinha um belo sorriso e uma presença luminosa, tal como o sol que caía pela varanda, irradiando ternura e maravilha àquela paisagem seca do Goengue. Machado era um simples marinheiro de escaler. Desfrutava na caça grossa aos elefantes. Convertera-se em pouco tempo num dos mais respeitados amásios da *dona* daquelas terras.

— Comandante, como é que sabe de tudo isso? — perguntou-lhe o Padre, para o instigar a ir mais a fundo.

— A melhor maneira de matar um pássaro é quando ele se faz em visita ao ninho alheio — respondeu o comandante, que perante o silêncio acabrunhado do Padre, prosseguiu a narração, e mais dizendo que à sua chegada aí não havia mais do que duas casas. A estrada era única. O solo de barro vermelho que o levava à igreja era o mesmo que lhe trazia as notícias de Dona Luíza.

Entre a *aringa* da Dona Luíza e a casa do comandante havia uma fileira de choças dos serviçais e guerreiros daquela, como uma cidade e sobre a qual ela muito investira em trabalho. Eram às centenas. Todos os atalhos acabam aí como se fossem a Meca. Dona Luíza nunca suspeitara, mas do pátio dianteiro o comandante a binoculava. Via-a à varanda, à espera do Belchior. A paixão era-lhe um rastilho. A esperança. Belchior nunca vinha, como nunca chegava. Entre o ir e o chegar havia um espaço vazio, tecido de promessas sem datas. Uma noite, acossada por aquela doença das entranhas que lhe deixavam as coxas a comicharem, ela subira ao quarto do Rodrigo Pais Machado, tocando previamente a porta deste. Visitas de que não prescindira ao longo de mais de dois anos, e sempre encobertas pelos seus *caporros*. Começou num triângulo amoroso com António Machado. Converteu Belchior em bombo da festa. Chegaria o Rodrigo e a relação tornara-se quadrangular.

Em Ancuase, também conhecido por velho Goengue, há quarenta quilómetros da nova *aringa*, lá deixara jazido o António Machado. E como a criatividade não lhe faltava, na Casa-grande em que passara a viver, decidiu dotá-la de um lago de crocodilos.

Esta mudança favoreceu o comandante militar, que passou a ter uma vista privilegiada para o interior da inexpurgável paliçada da Dona

Luíza, de modo que ele sempre podia observar os que chegavam ou saiam da Casa-grande. Contara o comandante que daqui presenciara os homens do Bonga a jogarem o filho da Dona Luíza ao charco, mas só não agira porque não tinha efectivo capaz de enfrentar o Tigre-selvagem. Impotente vira os soldados do Bonga a se afastarem da *aringa*, antes de se dispersarem por aquela estrada, que comunicava com o outro extremo, onde estava a igreja com o anexo dos párocos. Aqui arrastaram, muito impiedosamente, o padre jesuíta Joaquim Monteiro, em ceroulas. E por esta mesma estrada ele vira os guerreiros da Dona Luíza, empanicados[95] e plantados nas bermas[96] da mesma, sem os perseguirem. Sem tugirem nem mugirem.[97] Uma gravidade tal que transmitia a impressão de sofrerem de perfeito tédio. Naquele espectáculo bizarro, os guerreiros desta prazeira, de olhos petrificados, presenciaram o saque dos homens de Bonga, que levavam à cabeça fardos de roupas do Inominado da Dona Luíza da Cruz, talvez como um troféu, talvez para os distribuírem entre si ou pelas esposas e amantes. Por fim, os rapazes do Bonga desapareceram entre as palmeiras. Um matagal verde pálido, atrás da igreja. Instantes depois, aí mesmo, iriam emergir alguns circunstantes indígenas, fracos, silenciosos, oscilantes, a medrarem com rabos entre as pernas.

---

95 Envoltos em panos.

96 Acostamento.

97 Sem dizer nada.

O Padre Monclaio mostrou-se aterrorizado com a narração, mas o comandante, dentro da sua casa, no seu estilo exibicionista e tagarela, ia de um canto a outro da sala a sorrir. Chamou-o a atenção de que aquilo era apenas o primeiro acto, de entre outros tantos capítulos, que ele conhecia da vida da Dona Luíza e dos seus contubérnios.

— Escute-me ó sua besta, o que aconteceu a ela bem podia ter acontecido consigo, a sua mãe ou sua irmã — disse-lhe o Padre Monclaio, que tinha apele toda arrepiada como uma galinha e visivelmente escandalizado pela forma como ele banalizava a expressão.

O comandante militar minimizou a inquietação do prelado. Confrontou-o descrevendo que não tinha sido o primeiro homem à face da terra a presenciar uma cena arrepiante e inesquecível daquelas, com olhos de ver, porquanto era mais uma entre milhares de mortes de indígenas. Até a bíblia está cheia de episódios similares, recordou-se o comandante, que aduziu noutros detalhes que causaram pudor e certo estupor febril no Padre Monclaio.

— Um irmão pode injuriar a irmã de todas as formas possíveis, mas nunca lançar um seu semelhante numa laguna infestada por crocodilos. Matar deste modo é semelhante a alvejar a irmã, feita a sua imagem, com uma pedra, arrancar-lhe um olho, uma mão.

Neste dia, com os pés a tremerem-lhe, o Padre deixou o comandante de pé e saiu daquela casa bastante horrorizado com a frieza do interlocutor. Enquanto se afastava a passos de caracol reflectia no episódio, como se tal tivesse passado com animais comuns.

Ao outro dia, ainda mais cedo do que se imaginava, o Padre Monclaio voltou. Foi logo ele ver a lâmpada de querosene da casa do comandante acesa, para dirigir-se à ela. Este mostrou--se envergonhado, e por isso, falou com condescendência na voz. Agora falava da Dona Luiza como uma ninfa, uma nereide. Falava dela como uma beldade dos contos de fadas, desconhecida na capital do império, mas que bem podia rivalizar com as princesas e baronesas da corte, até com as musas dos pintores classicistas. O Padre Monclaio, vestido da mesma sotaina,[98] manteve os ouvidos alertas, como que farejando o comandante, sem imiscuir-se nos troços do novelo que eram as estórias daquelas vidas que se ligavam às outras vidas da Dona Luíza e que ele bem sabia cavar e desenrolar.

Num estilo típico de uma parábola romana, o comandante falou de uma terra com girassóis, uma rainha no centro e teias invisíveis de aranha, para a qual homens no desejo de a possuírem se atolavam, para aferição da realidade do veneno daquela teia. Contou que um dia viu um homem chegar atraído por aquele campo de teias e acabar no centro de um daqueles girassóis. Era um homem belo, alto, de pernas arqueadas, que chegara de não se sabe donde, ignorava para onde ia. Chegara como que caído das nuvens. Começara

---
98 Batina de eclesiástico.

por farejar o lugar. Parecia não conhecer as leis do homem e da natureza. Pela aurora levantava-se naquele girassol e olhava por entre as pétalas dele, como uma janela que o escondia. Cá fora o dia era bonito. O céu limpo e muito azul beijava uma flor amarela, uma ninfa na varanda. De tanto farejar o lugar, caiu na tentação e mesmo à vista daquela janela estava aquela criatura invulgar. E assim durante meses: entre Goengue e Sena e vice-versa. Caiu na ruína. Não tinha com o que pagar o conforto daquela terra, onde estava a flor. Pior, não tinha de comer.

Ao fim de uma manhã, o cavalheiro desceu do alto do seu egocentrismo e abordou a senhora que rasgava os seus normais mandos na varanda onde estavam o Andrade e o Aranda, dirigindo os escravos que a ornamentavam:

— Bom dia, venho perguntar-lhe se há trabalho em Goengue.

— Encontrar trabalho aqui é difícil! — disse a ninfa.

— Porquê?

— Goengue é mato!

O homem saiu e foi bater à porta da casa próxima. O dono já estava prestes a sair; calçava sapatos. O empregado negro ou caporro comunicou-lhe aquela estranha presença, com certo alvoroço:

— Está aqui um alguém. Quer falar algo com o senhor.

À frente da porta que se abriu apareceu um homem doa seus trinta anos, com os primeiros sinais de calvície e bigodes. Dentes perfeitos e completos. Depois das habituais saudações da praxe, perguntou ao estranho que estava à sua frente:

— Em que lhe posso ser útil?

— Sou o Vilas Boas.

— Eu sou o Castro, comandante militar! Posso-lhe adiantar: se busca emprego em Goengue, o melhor que pode encontrar é o amparo na Dona Luíza, da *aringa* onde está hospedado. Não lho disseram?

— Não.

— Se quiser fugir à fome, é assim que fazem muitos dos reinóis.

— Mas eu cá não vim para cuidar de hortas, de bois.

— Vende-te, rapaz!

— Não estou à venda.

— Então, subalterne-se a ela, se quiser retornar à metrópole com ouro em pó. Dona Luiza sabe perfeitamente adoptar calouros reinóis, adultos como você — exclamou Castro com um sorriso e ironia pícara.

Vilas Boas regressou à Casa-grande, sem compreender Castro. Quando subiu a escada viu-a em cima como se estivesse diante de uma daquelas ninfas que povoam quadros dos mais insignes pintores de todos os tempos. O coração aos tumultos, como um marinheiro perdido no leito do Rio Zambeze. Meteu-se no quarto, desalentado. Um dos hóspedes que já o tinha abordado, viu-o olhar para aquela ninfa. Procurou-o no seu quarto.

— Quem vem a Goengue à busca de coisas de que não sabe, acaba por encontrar um tesouro algo perfeitamente valioso. Está neste campo de girassóis.

Ao fim de meia hora, com muitos detalhes, o Padre Monclaio saberia da vida íntima da Dona Luíza com os seus contubérnios. Alguma coisa o comandante manteve na penumbra, como o era a chegada dos paródico comerciantes, convertidos em maridos dela. O que tornou ainda mais misteriosa a vida no interior da Casa-grande. Por certo era o novo hóspede candidato a encontrar algo, como os braços de Dona Luíza. Primeiro leves, depois pesados, e que mais tarde, como aos demais, o viriam a sufocar.

Até lá teria que aguardar.

As aparências geram ilusão. O tempo era o remédio. E o mesmo tempo apelou-lhe que teria ele que se dedicar energicamente a descaroçar o girassol. Algo que aprendera. A condição era a emergência da luz. Esta o iluminou: "Serve-te já de médico!". Aprendera no liceu. Assuntos básicos. Iria fazer de cobaia a muitos. O suficiente até fazer-se especialista, e tão bem como diz o velho rifão: na terra de cegos quem tem um olho é rei. Naquela treva de África era uma realidade. Começou com pensos aos escravos castigados no pelourinho, depois passou a ocupar-se dos burgueses do lugar. Saiu-lhe a rifa. Dona Luíza contratou-o para cuidar dos primeiros socorros dos seus guerreiros. Numa noite densa, de torpe solidão, na vaga aberta pela morte de Rodrigo na laguna, na vaga aberta pela ausência de outros homens dela, por aquelas alturas a cobrarem *mussoco*[99] na vasta terra, Vilas Boas estava no seu quarto e foi quando Abundâncio lhe comunicou que Dona Luíza adoecera na sua alcova. O jovem lá foi, levando a sua maleta de instrumentos de primeiros socorros. À partida queixara-se ela de dores nos tendões. Foi dispersando as dores, à medida que ele as localizava.

    Ao acordar ao lado de Dona Luíza, na manhã seguinte, Vilas Boas ganhou consciência da teia que o enrodilhara, até descer ao centro do girassol. Ficara entre o deixar-se alienar ou partir. Mas o girassol, com espinhos, tinha os braços pesados sobre ele para deixá-lo partir facilmente.

---

99 Imposto; contribuição.

11

Anos mais tarde, Dona Luíza recordar-se-ia do sismo que fora a passagem do Dúlio Ribeiro. Abrira uma cratera imensa. Recordar-se-ia de toda a cronologia, incidindo desde a ante-véspera que a levara à primeira prisão. Contar-me-ia ela que numa manhã mandara o Abundâncio entregar uma carta ao Andrade. Este leu-a. Convidava-o para a sua *aringa*, pois pretendia ela que aquele a pusesse em ordem, uma vez que tinha aprazado para dentro de poucos dias uma recepção com as mais selectas enfiteutas[100] dos Rios de Sena: Dona Júlia, Dona Leopoldina, Dona Inês Castelbranco, entre outras, que se fariam acompanhar dos seus maridos. Andrade, que era conhecido por "Dezanove e Meio" nas suas amizades, em virtude de ter perdido o torço do dedo índice na guerra da Maganja da Costa, morava numa casa algures. A casa construída em madeira-e-zinco, repartia-a ele com Aranda, contanto depois do acidente, constituíram-no inválido para o serviço militar. Agora era construtor civil, numa hipotética sociedade com o amigo. Uma duvidosa qualidade, que lhes permitira frequentar a Casa-grande e outras propriedades dos colonos do Goengue. Naquele dia, depois de lhe entregar a correspondência, Abun-

---

[100] Arrendatário; aquele que usufrui de um imóvel mediante pagamento de um valor, de um foro, previamente acertado com o proprietário.

dâncio olhou para o tecto da casa, onde dois mochos, seres alados, ganhavam a vida piando numa voz tonitruante. O moço de recados advertiu-o que tal significava que estava iminente uma desgraça. O muzungo não lhe ligou nenhuma, pois é do costume dos *cafres* atribuírem o prenúncio de desgraças a vozes de certos animais, como o mocho, a hiena e a coruja.

Andrade arrastou Aranda e os dois lá foram ter à *aringa* da Dona Luísa. Pelo caminho falaram dos caprichos e dos gostos refinados dela: obreiros europeus, exigências de acabamentos de nível europeu. Amantes *muzungos* e *cataquisungos*, como se chamava à raça produto do cruzamento de *canarins* goeses e de negros. Em dois dias compuseram a Casa-grande, com retoques no jardim, cozinha e salas. Limparam a ferrugem às grades e teias de aranhas às janelas e tectos. O melhor possível para o conforto e o lazer refinado daquelas aristocratas, que mais do que a vida que levavam, vestiam como autênticas damas da corte.

Não se sabe ao certo o que terá acontecido, mas Dona Luíza mostrou-se toda maravilhada. A manutenção decorreu a contento, dentro das expectativas dela.

Como de outras vezes em que tinham ido à Casa-grande, desta feita nem Andrade nem Aranda resistiram às seduções de Dona Luísa. Estava na varanda da Casa-grande, com vista para o maravilhoso jardim semelhante ao dos Campos Elíseos, donde dava ordens às suas escravas e maridos, sentada numa cadeira de palheira entrelaçada, vulgo *michéu*. Vestida de tanga, se lhe podia reconhecer: fisicamente grande, bonita, corpo bem constituído, escuro como canela, olhos vivos e brilhantes, mãos finas pesadas de ouro, roliças e macias.

Um número de cinco escravas a trançavam. Os cabelos, antes de serem enrolados por cima do pescoço, eram longos, muito esparsos, que tocavam no chão. A cada penteadela ela inclinava a cabeça, para a frente ou para trás, e também para os lados. Perpassava-lhe o corpo sensual como uma auréola de musa celestial, naquela sua cor de canela. Ao mesmo tempo, não dissimulava os seus ares de personalidade importante da aristocracia. Ela recomendava que procedessem com suavidade e lentidão:

— Prudência, não é para fazerem dói-dói na cabeça da Dona Luísa!

Ao todo foram necessárias três horas para a pentear. Saiu a vestir-se na alcova, acompanhada pelas cinco. Foram outras três horas. Por fim, quando emergiu, leve e subtil, trajada de um vestido de popelina,[101] garrido,[102] parecia a recém-coroada Vênus do Zambeze.

As demais empregadas tiveram que aguardá-la, enquanto as colegas a compunham. Em conversa, enalteciam os atributos da voluptuosa *dona* do Goengue. Tudo pareceu estar devidamente encaminhado dentro da normalidade, quando ela saiu para atender os dois operários.

---

101 Tecido de algodão, lustroso, fino e macio.
102 Que chama a atenção, vistoso; elegante.

— Quanto custa o trabalho?
— Cinco reis — os dois responderam em uníssono.
— Dona Luísa paga — respondeu-lhes.

Entreolhando-se, os dois nada disseram, de tão impressionados que estavam e hipnotizados com a água-de-colónia que ela exalava. Levantou-se e escoltada por Prudência e as demais serviçais dirigiu-se brevemente à sua alcova. Abriu o cofre e sacou as moedas correspondentes. Regressou a suar, com uma carteira de mão. Depois de pagar pelos serviços, reclamou daquele ar pesado e quente do Goengue, e por isso mandara Prudência buscar cinco grandes abanicos. A ama voltou a emergir trazendo os objectos, deixou-os na posse das criadas vestidas de avental, que se ocuparam do serviço. Era vê-la de olhos fechados sob aquele aterrador calor, absorta à presença das criadas que abanicavam[103] os leques. Os dois operários de manutenção já haviam deixado a *aringa*. Lá fora comentavam a esbelteza dela, como o reflexo do sol, como o deslumbrante marfim polido.

Sentada naquele banco de palheira, neste mesmo dia ela deixou-se ficar. Recebeu as convidadas. Ali puseram-se à conversa.

Era aqui que passava os dias de verão, a receber toda a classe de hóspedes que dimanavam o alto e o baixo Zambeze. Goengue ficava a quase meio caminho entre Tete e Sena. Daquele recanto da casa, os passageiros em trânsito pasmavam-se com os seus vestidos decotados, que

---

103 Abanavam.

deixavam ver os seios como maçãs, redondos e perfeitos, quase descobertos. Os lábios rosados, pintados de batom, uma formosura, a merecerem toque de sentido.

◦————◦————◦

Na mesma noite comemorava-se a recepção das cinco *donas*. Brindaram pela República dos Prazos, da qual Dona Luíza se auto-proclamou presidente, sublinhe-se, a presidente, pois para ela que tinha o gene varonil, presidenta não existia no seu dicionário. O evento ainda não tinha terminado, mas já sabia Dona Luísa que o governador-geral Augusto Castilho a tinha mandado prender, a pretexto de manter um ossuário no átrio da casa, com caveiras, que tinham sido de amantes brancos, rivais e escravos.

Não se sabe se a chegada daqueles militares de Tete foi a despeito, se por coincidência. O certo é que ali estavam para retaliá-la, por confessa subversão. Não reagiram de imediato. Deixassem-nas festejar. Deixassem-nas falar das suas paixões, tecidos de eleição, segredos no trato da cabeleira, tornando-a lisa, disfarçando-se assim da cafreal carapinha. Deixassem-nas falar da arte de sedução e da amestração dos machos reinóis. Ali, para o espanto das mais sensatas, ela alardeou que mantinha intactos os seus casamentos graças ao terror, à laguna infestada de crocodilos. Ainda dissertou sobre a morte de N'fucua, que para muitos era a Cleópatra do Índico. Dona Luísa a desqualificando pela forma como ela encontrou a morte, depois de ter encomendado uma cobra ao Sekulo, com que pretendia matar o Teixeira. Não fosse o diabo tecê-las, o feitiço voltou-se contra ela. E por desgraça, a peçonha confundiu-a com aquele que tinha por alvo, introduziu-se misteriosamente na habitação dela, vitimando-a com uma mordidela fatal nas coxas. À noite, a golpes de escopetas e de coronhadas, seria a vez das tropas irromperem pela alcova adentro para detê-la. O corpo de Dona Luíza e dos seus demais maridos uniam-se na cama. Os maridos, empreiteiros entregues à mais prazerosa e emocionante empreitada, mantendo um quintal, que era o corpo dela. Os militares de Castilho arrancaram-na a ferros, pois ela desafiou-os, fazendo dádivas. Que só a Rainha de Portugal a podia mandar prender!

Resistiu, como qualquer mulher haveria de fazê-lo, alucinada com a hipotética protecção daqueles maridos. Debalde. Os seus guerreiros, preventivamente ineficazes, à semelhança da vez em que as abelhas do Bonga degolaram o Inominado, não ladraram. Sem o comando de Belchior, punha-se o assunto da suposta orfandade. O que era de espantar, em se tratando de um exército com ambições independentistas e expansionistas, cuja valentia se conheceu muitas vezes, como na vitória do Bonga, na ocupação das ilhas M'sua-á-Mite e M'sua-Chicutumure.

No episódio a seguir retrata-se o aproveitamento que Dona Luísa faz da lascívia, e a coloca ao serviço da sua contra-inteligência. Conta-se também como das alianças militares com as *donas* de outros prazos ela tenta deter o avanço do Bonga e deslegitimar a autoridade portuguesa no Zambeze.

12

Nos últimos tempos, sentado em seu trono de barro, o novo Rei de Portugal era um homem pasmado: do Zambeze chegavam-lhe contínuas notícias sinistras que não paravam de repetir-se, sobre as enfiteutas destas trevas africanas. Os dependentes das *donas* a elas chegavam acocorados ou a arrastarem-se como lagartos; a uma velocidade escalofriante,[104] as *donas* armaram-se até aos dentes, culturaram a vingança, o rancor, inclinadas a resolver assuntos pendentes pelas armas, ou a desafiar, quando necessário, o Governo colonial, através dos seus espingardeiros e mais a chusma de *cafres* munidos de arcos e flechas, escudos, lanças, azagaias, machados e porretes; nos últimos tempos elas se agarravam a valores ferozes. Perante tamanhos problemas, nos últimos tempos a calva do Rei Dom Carlos só crescia e na prática via-se impotente perante as anormalidades das informações difundidas pela mídia:

Massangano: o grande Mutundumura foi ferido em uma perna em combate no dia 9 de outubro; o grande Chinguoto foi capturado e morto depois de terminarem as hostilidades; o grande Camuriué morreu em combate... Pinglissa está cativo.

Não escondia o entusiasmo perante o assédio da expedição ao feudo dos Bongas. Na

---
104 Arrepiante, assustador.

manchete seguinte se destacavam os efeitos colaterais da guerra, que transformava a Zambézia num país mestiço:

Duzentos soldados da expedição estão foragidos algures em Massangano e vivem aparentados com donas do sangue dos Bongas; os indígenas menosprezam impunemente a autoridades da metrópole; o Prazo de Goengue pede desafectação de um professor goês que não sabe ler nem escrever; professora primária portuguesa não dá aulas desde que chegou a Goengue. Tem uma casa alocada pelo Estado; arrenda compartimentos aos inquilinos e passa o tempo de amores em amores com os seus namorados reinóis...

O Rei estava mergulhado a reflectir neste assunto, quando por destreza lhe assaltou uma ocorrência: *Organizou-se em Lisboa uma sociedade antiesclavagista, com o fim de cortar pela raiz a escravatura em África.*

⸺◦⸺◦⸺

Da noite para o dia, o sonho de povoar a Zambézia transformara-se num pesadelo. A legitimidade dos prazos do Zambeze começava assim a ser questionada por enviados da monarquia, como o caso de Mouzinho de Alburquerque, que apelou, junto da coroa para a necessidade de se proceder à inacção das *prazeiras*, por estas não respeitarem a autoridade do governador-geral de Moçambique e dos restantes poderes e funções do Estado.

Dona Luísa previra que o seu poder e o latifúndio chegassem ao fim, o que a deixava insone; daí o desdobrar-se em corrida contra o tempo. Multiplicara as suas alianças, unindo-se às confreiras *donas* e a novos maridos. O amor que ela me jurara e o casamento que me propusera eram de carácter político e comercial. A recepção que ela oferecera às cinco companheiras *donas* raiava à busca de um caminho para a criação de um *Estado dos prazos* nas margens daquele Rio. Armas não lhe faltavam. O alvo agora eram os comboios de mantimentos. Saqueara foguetes de guerra, metralhadoras e armas de precisão. Abastecera-se de pólvoras e chumbo.

O efectivo do exército de Dona Luíza era de longe muito superior ao do comando militar do Goengue. A riqueza da terra era abundante. Não lhe pude dispor do meu apoio, pois era verdade irrefutável que a Inglaterra tinha acordo diplomático com Portugal e, na base de um tratado de concessão, este último país nos ofereceu a *British Chinde*. Nenhum dos seus quatro maridos estava disposto a sacrificar-se por ela. Ligações e compromissos de segurança falaram mais alto. Dona Luísa não sabia que era permanentemente vigiada, até por alguns dos seus súbditos que lhe faltavam à lealdade, a tal ponto de se permitirem que o comandante do Goengue tivesse conhecimento de que aquela abastecia Massangano através da Ilha Carmanamano, onde colocara uma almadia[105] através da qual os rebeldes atravessavam fugitivos o Zambeze.

---

105 Embarcação africana e asiática, estreita e comprida; canoa.

Contra toda a corrente, ninguém desconfiaria que um suposto simples jantar de cinco mulheres visava fins políticos, mas a contra-inteligência tomara conhecimento através de um relatório circunstanciado e até ao detalhe, sobre o que elas andavam a conjecturar. Já naquela madrugada, aos seus carrascos, Tomás e Patrício, ela tratara de os degolar. Duarte e Pinto, temendo igual sorte, tentou escapulir-se, mas ela foi flexível a ponto de detê-lo e o ameaçar que teria o triste fim, semelhante ao do António Machado e outros. O seu carrasco de muitos anos, o Rapozo, corpulento e malvado, sobre o qual pesavam muitas responsabilidades, solidárias, de desgraças cometidas a dois, sumira. As autoridades procuravam-no.

A empreitada para lograr o sonho de manter o latifúndio não era fácil, pois Dona Luísa, que contava com muitos adversários, sabia que o irmão Bonga a espiava e estava a par de todos seus contactos. Ela o detestava, mas decidiu-se por trair a sua raça ou dinastia.

Um dia ela decidiu jogar a última cartada: colocou a sua *aringa* à disposição dos expedicionários portugueses, como uma retaguarda segura para atacar o Massangano, e disso obter uma contrapartida da sua sobrevivência.

Estrategicamente, a *aringa* de Dona Luíza era retaguarda segura para qualquer dos bandos. A expedição foi um desastre para os portugueses. Num contra-ataque, os guerreiros do Bonga desbarataram os militares portugueses. O balanço:

centenas de mortos, dezenas de capturados. Do lado opositor, morreram apenas dois homens. Um dos mercenários, David da Costa, a golpe de um faminto leão, arrancou à navalha o coração a um dos guerreiros mortos e guardou-o como um troféu num frasco com álcool. Talvez porque sofresse de algum tormento, viria a suicidar-se em Quelimane. Num quarto que ali tinha, encontraram-no todo seco, fazendo lenga-lenga na corda que o atava ao tecto. Numa cômoda, a um canto do quarto, estava o frasco que se inventariou como parte do seu espólio.

Voltando ao assunto das teorias da conspiração de Dona Luísa: tal não passou de uma simulação com vista a conhecer o potencial detido tanto pela expedição como por Bonga, e, ao mesmo tempo, formalizar uma aliança que conduzisse à derrocada do temível irmão.

Bonga sonhara numa noite que a irmã preparava uma traição. Deslocou os seus homens até ao limite da fronteira com Goengue, ameaçando invadi-lo, como acabava de fazer no prazo Mahembe, prendendo o irmão, Chiúta. Bonga só desistiu da ameaça quando o informaram que Manuel António de Sousa, um dos mais temíveis guerreiros da área, marido da Dona Inês Castelbranco, estava às portas do Massangano, para tomá-lo.

Entretanto, o que deixou esperançada Dona Luísa foi o desastre daquela que foi uma das maiores expedições de sempre dos militares "aliados". Durante dias, os militares "aliados", desarticulados e sem norte, alguns alucinados por aquilo que diziam ser o maior pesadelo das suas vidas, ouviam o estupor febril das armas. Na sua fuga em debandada, os militares pareciam alucinados pelos disparos, pois o som das rajadas das balas chegava-lhe aos ouvidos. O subconsciente deles era dominado pela ira das furibundas "abelhas" do Bonga, o ribombar das armas imitavam as risadas dos tigres e das *quizumbas*, nome que aqui se dá às hienas. Durante muito tempo, o trauma perseguiu-os expondo-os ao pânico, mais propriamente ao cagaçal,[106] que os obrigou a baixarem as espingardas e a fundirem-se pelas trevas densas, a passarem fome, a trocarem o fardamento do corpo por comida, as botas que lhes protegiam os pés por *sadza*, ou seja, farinha de milho, inhame ou meixoeira cozidos. Isso era o pouco que lhes restava de esperança.

Hoje, depois de muitos anos, mortos há que se recordam da caminhada errante naqueles sertões de África, donde jamais se levantaram do chão, triste engodo que deixaram imergidos muitos outros feridos que sucumbiram tentando atravessar os córregos ou as alagadas terras dos Rios de Sena a pé. A uns poucos, tidos como mortos, o destino tratou de os salvar, para contarem às gerações vindouras a história daqueles que ainda hoje vegetam e medram[107] dentro dos gritos aflitivos dos pretos: "hi, hi, hi". Num labirinto que só hoje os trouxe a Tete e Quelima-

---
106 Pessoa desprezível ou ordinária.

107 Prosperam.

ne, definhados de corpos. Vegetalmente nus. É inacreditável vê-los reduzidos a figuras inéditas de fantasmas, incapazes de fazerem o caminho inverso, da morte para a vida.

○────○────○

Em Goengue, dizia-se à boca cheia, Dona Luíza mandara construir trinta espaçosos quartos, convicta de que o seu casamento com Belchior os encheria de filhos, de uma família numerosa, descendência em linha recta, uma varoa que, enfim, herdasse o prazo. Netos e bisnetos. Pouco a pouco, a expectativa foi-se ruindo, pelo que os quartos se foram preenchendo do vazio e da utopia que ela coleccionava. Acabou cedendo ao conservadorismo familiar e às imposições régias. A frustração levou-a a transformar a Casa-grande numa ampla pousada, como já se disse.

Tinha andar único, mas era bastante extensa, com emersas e enormes janelas e portas envidraçadas. A varanda era um amplo corredor e muito acolhedora.

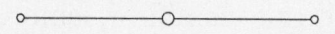

○────○────○

Nenhum segredo vive eternamente entre as quatro paredes. Dona Maria, a irmã, talvez fosse apanhar um enfarte quando estalou a notícia daquele nascimento, de cria impura. Comentou-o com Dona Eugénia. E mesmo Motontora, que acreditava piamente no puritanismo venial da irmã, mais a modo do difícil que era a ingestão daquela vergonha, desmentiu a ocorrência daquela gravidez, quando Dona Marianna e Dona Eugénia, respectivamente sobrinha e filha do Bonga, o emprenharam pelos ouvidos.

Inacreditável que, numa minha primeira ida à *aringa* da Dona Luíza para devolver a paz ao regulado Chipissa, tudo parecia fluir dentro da normalidade. Convalescia-me das febres terçãs. Apresentava-me fragilizado de corpo e de memória, quando o seu negro da porta interpelei, perguntando-lhe se era aquela a casa do senhor Toalha, nome pelo qual também era conhecido entre os seus o primeiro marido da *dona* do Goengue, em função desta usá-lo a seu bel-prazer, ora jogando-o no cesto da roupa suja, ora recuperando-o. — É sim — respondeu-me o guarda com uma voz seca, de poucos amigos. Não perguntando quem era eu, cedeu-me imediatamente a passagem.

Aos moradores da Casa-grande chamavam-lhes "família Belchior", por este ter sido o primeiro esposo de Dona Luíza Michaela. Numa das salas contíguas, depois dos habituais cumprimentos e de me identificar, lembro-me de que a mim me serviram um confortável divã, como os que os psicólogos dispõem aos seus padecentes, levando-os a relaxarem, para daí espremerem toda a emoção e segredos que vão pelas suas almas. Diante de mim havia um banquinho e uma esteira, que supus ser nela que a Mulher haveria de se sentar. Ela demorou muito a ocupá-la, a ponto de eu, visivelmente transtornado, perguntar à serviçal principal, Prudência Espírito Santo, se estava na casa de uma mulher que possuía seis maridos. Pelo menos na altura assim rezava a aritmética. Sem qualquer tipo de hesitação, Prudência respondeu afirmativamente: — Sim, é aqui. O outro marido dela, o mais arredio e escamoteado, é o João Fazbem.

Fazbem, figura altiva, talvez por descender do já falecido soba[108] Chipissa, do Goengue, nessa altura, como outros maridos, estava ausente. Permanecia algures, na parte comercial da pequena vila do Goengue, onde havia pouco mais de meia dúzia de casas de madeira e folha de ferro zincado e ondulado. Aqui refugiado desde a briga que aíse tinha instalado, após ter sido perseguido pelas tropas do Bonga, parece ter previsto que tinha os dias contados. Depois que se amainaram os ânimos e a escaramuça, Fazbem e todos os outros maridos da Dona Luíza voltaram à *aringa*.

Não imaginava que a fosse amar. De toda a forma, só pude entrevistar Dona Luíza e os seus maridos quase quarenta horas depois da minha chegada. O ambiente fúnebre não favorecia nenhum tipo de entrevista. Dona Luíza chorava, já lá iam muitas luas, não para fora de si, pois enquanto o rosto secava, as lágrimas lhe impregnavam o coração, lhe corriam pelas artérias e veias adentro, numa grande torrente, atrás dos

---

[108] Chefe de um grupo populacional ou de um pequeno Estado africano.

olhos. A poeira da tristeza tinha que assentar. Fui-as contabilizando, partícula a partícula. Até que calmamente cada poeira tomou o seu chão no divã onde me sentara. Finalmente, o clima esperado. Cada esposo declarou com um à vontade natural que Dona Luíza Michaela era a sua "cara-metade". Aliás, a própria poliandra corrigiu, quando disse:

— Eu amo os meus seis amores, por isso, achei por bem com eles casar portas adentro e viver com eles aqui em casa, uma felicidade eterna.

— É verdade que estes senhores são seus maridos? — com uma dose de incredulidade, perguntei-lhe insistentemente, ao que ela assentiu com a cabeça, sem pestanejar os olhos. Disse que a lista cresceria se se contabilizassem os falecidos. Que se casou primeiro com Belchior, com quem vive há vários anos. Fazbem tornou-se seu segundo marido, "oficialmente", depois da morte do António Machado. Passou a viver sob o mesmo tecto com ela. Antes desta "oficialização", contou a poliandra,[109] eram simplesmente bons amantes. A relação amorosa entre Dona Luíza e Fazbem evoluiu ao longo dos tempos. Quando o soba Chipissa morreu, Belchior ordenou a invasão do sobado[110] e os guerreiros trouxeram ao prazo de Dona Luíza os vinte filhos e trinta mulheres do malogrado.

Dona Luíza engraçou com Fazbem, porque este, apesar de deserdado, era tão altivo como ela.

---

109 Que ou mulher que tem mais de um marido ao mesmo tempo.
110 Território onde um soba domina.

— Depois achei-o interessante para ser o meu segundo marido. Por isso, convidei-o para a Casa-grande e apresentei-o ao meu primeiro marido — explicou ela, justificando-se. — Tomei esta decisão porque eu já estava a passar mal, visto que Belchior já não consegue fazer direito o trabalho aqui em casa (sorrisos...).

— Que tipo de trabalho Belchior não consegue fazer em casa? — interroguei-a supondo que tal tivesse a ver com intimidades, ademais assaltado pela curiosidade do termo "trabalho". Depois de alguns minutos de visível silêncio, entrecortado com uma respiração ofegante e franca, ela respondeu-me, sem vencer a minha curiosidade:

— Uma vez que Belchior está cego e velho, já não consegue construir uma nova *aringa*. Não consegue fazer coisas que uma mulher precisa para o sustento do corpo e da alma. Trouxe aqui este senhor Fazbem, para apoiá-lo nas tarefas de dentro e de fora do lar. Estive a sofrer muito e a passar necessidades, porque Belchior não me conseguia alimentar.

A determinada passagem da entrevista, curiosamente, Dona Luíza sublinhou que não gostaria que eu propagasse a notícia aos quatro ventos, não fosse com tal quebrar a relação que tinha com os seus seis maridos. E argumentou, mostrando muita sinceridade no rosto:

— Eu amo-os... não posso abandoná-los, pois são meus maridos, sangue do meu sangue, sol da minha vida, ar limpo que respiro na luz do meu viver.

Perguntei-lhe se era verdade que ela amava todos de igual modo e o que levava Belchior a se manter distante. Ao que argumentou que Belchior, o inconformado marido machista e possessivo, prefere viver a ilusão de que é o único. Não o podia abandonar, não só por ele ser o primeiro marido dela mas porque passou por muitas dificuldades com ele, desde que se casaram até à altura da entrevista. Ao tempo da sua juventude, Belchior era um arraigado macho, com propensão a traí-la com as escravas. O que a obrigou a recorrer a um *sangoma*,[111] que o pôs na garrafa. Questionei-a como ela poderia pôr um homem na garrafa, ao que ela falou que o submeteu, a ele e a outros, a um processo de amarração, *massunungure*, na língua do lugar, pelo qual o *sangoma* ou curandeiro deposita a foto do amante numa garrafa e a joga num lugar distante, sujeitando-o a um amor cego, antes da resolução ao acto inverso, *kussungura*. É mediante a amarração que a requerente pactua com os espíritos para nunca abandonar o amarrado, levando-o a embarcar com ele no amor e até ao extremo de diversão, onde a vítima se transforma em puro objecto de diversão. Um boneco de pelúcia.

— Não vai ser hoje que vou abandonar este marido, meu primeiro fruto do celeiro. É um trato que fiz com os céus, com os deuses desta terra. Ele pode ir aonde quer que seja, mas sempre vol-

---

[111] Pessoa que, na tradição zulu, é escolhida pelos espíritos ancestrais para zelar pelo bem estar da comunidade, recorrendo à medicina tradicional.

tará — afirmou, acrescentando: — Também não vou deixar os meus outros maridos, porque os amo, mesmo sabendo que com isso violo o preceito dos prazos e da igreja, a missão civilizacional, mesmo sabendo que me tildam[112] de branca, para destrinçar dos *cafres*, selvagens, e com isso, me demover, em vão, desta prática gentia.

Por aqueles tempos, em Portugal, como no ocidente inteiro, não era normal que uma mulher tivesse mais do que um marido em simultâneo, pois vigorava o preceito do casamento eclesiástico monogâmico, o que desencorajava qualquer prática e tentativa nesse sentido. Colocada esta questão, a minha entrevistada justificou-se nos seguintes termos: — Se o trabalho de dentro de casa, o trabalho de dentro do quarto não for desempenhado com eficácia por um único marido, na minha tradição não se vê tal como um problema, recorre-se a ajudas, pois o importante é os maridos e a esposa conversarem sem se chatearem, entenderem-se e saberem que estão com a mesma mulher, a quem bem devem servir e graciosamente a tornarem feliz.

---

[112] Apelidar, rotular.

13

Durante cem dias e cem noites, tempo de luto decretado em memória da segunda morte do seu filho, à excepção de Prudência, do Fazbem, do Valdez Chuva e do Pirulito Doce, à excepção do Vilas Boas, do Augusto de Andrade, do Mateus de Aranda e do Duarte e Pinto, ninguém mais viu Dona Luísa.

Não apareceu na varanda onde rasgava ordens, onde fazia chistes aos escravos e também se fazia de modelo aos hóspedes da pousada. O sol não lhe viu o rosto nenhuma única vez, posição, aliás, extensiva à lua. As estrelas que a tinham como o sol que nascia do chão não a viram, nem um único rasto, nem sequer um rastilho do seu corpo. Nenhum astro podia vangloriar-se de ter visto a silhueta dela, cobiçada pelos seres animados e inanimados. Os cães ladravam para a porta dela, para vê-la sair, mas ela não os atendeu. Os mochos piavam, na sua tagarelice, dizendo que desde que ressuscitara cuidavam eles daquele crio; levavam-no a passear pelos quilombos; amamentavam-no para que o peito de Dona Luíza não definhasse. Todavia, uma tarde deixaram-no na sua cesta pousado à margem do Rio e, quando banhavam, um crocodilo o levou; mesmo assim, os mochos tentavam confortá-la, prometendo-lhe que "o menino há-
-de regressar", ou "que o menino está acompanhado por *Pikwambo*", nome que, no entanto,

se atribui ao anjo benevolente que exerce vigia sobre o rio, resgatando náufragos. Mas até hoje, passados já cem dias, nada garantia que o desgraçado Inominado vivia à luz do sol. Também nada confirmava a sua morte.

Dona Luíza acreditava que aquilo tinha sido uma conspiração dos mochos, com que ela se tratava muito bem. Agora parecia de costas voltadas para eles, encerrada na sua alcova.

Entretanto, os negros dos quilombos conjecturavam que ela padecia de uma devastadora doença, só passível de atacar, e por capricho, aos brancos e aos seus descendentes mestiços, com incidência para as senhoras dos prazos, por terem sido corrompidas por usos e costumes estranhos. Na laguna, os enormes crocodilos pareciam monótonos, lançavam esgares e oscilavam as mandíbulas, em claro ócio e desconforto. Os vagalumes e os grilos desvaneciam-se. Os *nsombas* arfavam as guelras a sorrirem. As árvores velhas e novas que a conheciam, olhavam em círculo, circunspectas pelo sumiço, talvez tentando interpretar a situação.

Um terrível flagelo sem nome atacou os crocodilos, cada vez mais monótonos e parcos em seus esgares, cada vez mais mansos na forma altiva como abriam a boca e se prostravam a desprezarem os pássaros curados, esses habilitados que são a limparem-lhes os dentes. Os negros, desabridos[113] nas apreciações, imputavam aquilo como símbolo de iminente desgraça, pois du-

---
113 Rudes, violentos.

rante mais de um ano, Belchior do Nascimento alimentou o seu sumiço com um rotundo silêncio, sem precedente. Alguns eventos aconteciam às catadupas.[114] Os guerreiros dela seguiam sem abandonar seus postos, e pior, apresaram um dos homens do Bonga, arrancaram-lhe cinco dedos à navalha, para que ele lhes revelasse os segredos militares daquele, o que mesmo assim não o demoveram da sua lealdade. As galinhas da sua capoeira murmuravam inconformadas a ausência da sua ama, o Rio sulcava lento e a ver se cruzava o seu olhar com o dela. As lavadeiras, as costureiras e as moedeiras da Vênus do Zambeze trabalhavam sentadas no chão, umas a engomarem-lhe a roupa, outras a debulharem os cereais, comentando em surdina que tinham ouvido dizer da joaninha, um pequeno mas inteligente e gracioso insecto, que ela estava tão branca, que perdera a cor por escassez de banhos de sol. Uma aranha que tinha acesso à alcova dela não parava de expelir porcaria cá para fora, que lá dentro só cheirava a sexo. Quanto à roupa, que ela cada vez mais reincidia em trocar, era a única mostra de certidão de vida da sua parte. Os *caporros*, que tinham a mania de comentar a vida da sua patroa, depois de a perscrutarem e a espiarem em bicos de pés, diziam que ela comia, defecava, comia e defecava, de todas as maneiras, pela boca, pelo ânus e pelo sexo, pois dentro da casa a vida fluía com normalidade. Diziam ainda que

---

114 Em grande quantidade; de forma abundante e em rápida sequência.

o estoque da aguardente de cana-de-açúcar era periodicamente abastecido, pois por aqueles dias ela no altar do seu corpo oferecia banquetes aos seus homens, numa constância que os deixava embriagados. Cada vez mais lançava piadas indiscretas sobre eles, de tal forma jocosa que se ria deles e dela própria, como se estivesse prestes a partir desta vida. Dançava, mas ainda assim mostrava sinais de inquietação pelo sumiço do primeiro esposo e pela família que era dizimada.

A saudade do primeiro marido era tamanha e avassalava-a. E por isso, olhava amiúde para as portas, a ver se ele se lembrava de lhe fazer uma surpresa. Mas o que lhe importava, era se ela arrumara "novos casamentos". Chorava copiosamente. Não se sabe se de prazer ou de desespero. O que era pior!

―――○―――○―――○―――

Lá fora, ao longe, donde ela esperava que viesse o verdadeiro marido, apenas lhe acudia o ribombar dos batuques tocados pelos pretos e os seus prolongados rufos, sinais de festins, núpcias e mortos nos quilombos, também sinais das promiscuidades entre os seres humanos, nas senzalas, à semelhança do que ela praticava reiteradamente de portas adentro, fechadas a sete chaves.

A despeito do sumiço do Belchior, os negros de Dona Luísa tinham consultado Sekulo, o *nhondoro*, nome que se dá ao curandeiro, o qual lhes disse, que gozava de boa saúde, lá no lugar incerto e seguro em que se encontrava. Continuava a caminhar errante pela selva, e vez e outra, aparecia em casa, em bicos de pés, sem que ninguém disso pudesse testemunhar, graças a uma poção mágica que o ajudava a tornar-se invisível, e assim sorrateiro entrava em casa, e contemplava como Dona Luísa sofisticara a luxúria, como gozava dos seus amores, como ela usufruía da companhia dos seus enésimos maridos, a jogar com eles, a manipulá-los, como bolas de bilhar, induzindo os quatro serviçais mais fieis a forjarem mentiras, como que se ausentara da Casa-grande, quando dela nunca saíra durante *mil e um dias* e *mil e uma noites*, ao que alguns deles, à maneira própria de inocência e de ingenuidade, acabavam informando-o que Dona Luísa lhes tinha mandado dizer que ela se encontrava ausente em Quelimane, em Tete ou em Sena, terras a que se converteram nas suas enésimas alcovas, aí onde o mundo era doce na leveza da companhia dos seus amantes, ou de um deles, se não os quisesse ter de uma única vez. As más-línguas dos pretos, cada vez mais sensíveis na aferição da audição e do olfato, diziam que de dentro da Casa-grande apenas se inalavam as secreções da Vênus do Zambeze, tão fortes como a da maresia. Comentavam de forma desabrida que os colchões não paravam de ranger nas alcovas, até iam ao extremo de prever que pelo tempo em que ela demorava naqueles jogos, os colchões já devessem ser reformados, de tanto terem alimentado o exército dos vorazes amantes. A isso seguiam soltas gargalhadas atrás de gargalhadas. E mesmo ouvindo, Dona Luísa borrifava-se para elas.

Foi no ambiente deste retiro espiritual que a encontrei. Levava-lhe a notícia de que o Rei de Portugal frustrara o homicídio ao Bonga. De Portugal preparara uma encomenda que se devia oferecer ao Bonga. Garrafas de aguardente com urina de crocodilo, que antes de serem entregues ao destinatário, passaram por Quelimane, na casa do governador. Estavam as garrafas numa caixa com etiqueta de alto requinte, para impressionar o destinatário. A mulher do governador e o capitão do paquete[115] Trovador, que transportou a encomenda, aberto o conteúdo, encontraram a morte certa e instantânea, mais por causa da curiosidade que os avassalava, que a não conseguiram conter. Foi a ira furibunda[116] que tinham ao negro Bonga que os movera à desdita, e todos crentes que o haveriam de comover com o luxuoso presente de uma personalidade distinta como aquela, em garrafas de vivo cristal, etiquetadas em ouro. Posto isso, uma praga de *mbewas*, nome que aqui se dá às ratazanas do campo, de carne bastante apreciada, e que têm crias em abril e junho, tempo bastante frio nos sertões, passou a devastar aquela cidade e todo o vale do Zambeze.

Dava-se assim a quarta badalada da vitória dos Bongas.

---

[115] Grande navio que transporta passageiros, carga e correspondência.

[116] Que revela furor, ira ou raiva; furioso.

A vida em Goengue, para os aventureiros portugueses lá chegados como que caídos do céu, era uma miséria, sujeitos que estavam a comer meixoeira[117] que amassavam em bolinhos antes de os mergulharem em pratos com molho de nsomba ou mesmo de *mbewa*, a maior espécie entre os ratos, que os *cafres* degustavam com muita naturalidade e preciosidade.

Goengue era ao mesmo tempo pacata e monótona. O emprego escasseava. Não obstante, Dona Luíza se ufanava de acumular fortuna. Ufanavam-se também cinco funcionários da repartição pública dos Correios, Telégrafos e Telefones, CTT, que se ocupavam da circulação postal a todos os níveis, mais cinco ou seis comerciantes. O triunfalismo destes foi razão eventual que levou à imigração maciça de reinóis, à procura de melhores condições de vida, dedicando-se em Goengue desde os trabalhos mais escorreitos[118] aos sujos.

A chegada de Andrade e de Aranda a Goengue deu-se numa grande apoteose. Sentiam-se satisfeitos. Encontraram até alguns amigos com que no passado se amancebaram[119] e se alistaram

---

117 É o nome dado em Moçambique à espécie *Pennisetum glaucum*, um cereal nativo de África muito importante na agricultura de subsistência. Em Angola é conhecido como *massango*, nome com a mesma raiz que *mahangu*, como é conhecido na Namíbia. No Brasil é conhecido de milheto, ou milheto-pérola.

118 Que é correto.

119 Juntar-se em mancebia com alguém, amasiar-se; amigar-se.

no exército, no império distante. Comemoraram-no com um jantar. Os trabalhos que se lhes ofereceram, apesar de longe das suas ambições, era um passatempo com que pudiam aguentar a vida monótona daquele lugar, até à chegada de melhores dias.

Todavia, o que na verdade os prendera a Goengue tinha sido o memorável baile de Carnaval daquele ano, no Clube dos Comerciantes, centro vital da burguesia emergente local. Neste dia, o comandante militar do lugar, tenente Castro, apresentou-lhes a mais bem formosa e charmosa, a mais bem mascarada autóctone vestida de um invejável quanto exuberante mascote laranja, com um decote amplo, que deixava à mostra o peito alvo, luzidio como maçãs ao sol, ao luar daquela noite. Nome dela era Dona Luíza. Mais tarde, o Castro, que os apresentara, transformou-se em visceral inimigo número um daqueles, ao ponto de lhes desejar a morte, concorrendo com emboscadas que por pouco lhes tiravam a vida. Ao que se sabia, Castro odiava a todos os maridos de Dona Luísa, pela invejável posição que detinham em relação a ele.

Em tempos, à chegada a Goengue, aqueles dois amigos hospedaram-se na casa do tenente Castro. Recomendara-o o governador de Quelimane. Espionarem a Dona Luíza tinha sido a incumbência que lhes deu aquela autoridade. O quarto que Castro lhes oferecera deixava muito a desejar. Cheirava a mofo. Um cheiro contínuo a fezes de cabrito. Reportaram-no. Graças aos préstimos do governador de Quelimane, um comerciante ofereceu-lhes um lugar alternativo. Bastante asseado. Surgiu outra oportunidade de mudança; aí então os dois foram viver para um quarto alugado, que por sinal era do inteiro agrado de ambos. Ficava bem situado. Por coincidência, nas imediações da pousada de Dona Luíza. Não muito distante, estava o comando militar de Goengue, encravado na baixa do Zambeze, onde era normal verem-se os gentios banharem-se no rio, indiferentes aos crocodilos. Aos dois na altura recém-chegados aconselharam-lhes, quisessem banhar-se, que contactassem o *mambo*, chefe do lugar, a fim de que este os apresentasse aos crocodilos, e a partir de tal ficariam imunes e a salvo das mordeduras daqueles bichos.

Passados alguns meses, os dois amicíssimos, solteiros e sem nenhuma prole, transferiram-se para a pousada. Aqui estavam a gosto, a viver naquela "República" criada por Dona Luíza. Andrade era pessoa de boa-fé. Católico, embora não praticante. Tanto ufanavam-se de dever a vida ao pobre São Francisco Xavier, padroeiro do Goengue. Recordava-se de ter presenciado uma acesa discussão entre o comandante militar e Dona Luíza, na pousada. O que era certo, ao narcisista Castro caiu mal a conversão dos dois potenciais espias e amásios de Dona Luíza. Faltando-lhe ao respeito, chamou-lhe feiticeira. Acusou-a de por um rato ter mandado roubar--lhe um cheque, que estava à mesa da cabeceira, dentro de um pequeno envelope. Tanto que o rato não surripiou mais nada. Identificou o envelope, subtraiu o cheque, que o levou a Dona Luíza, que por aquelas alturas padecia de supostas dificuldades económicas por causa da vida faustosa[120] que levava, pois a seca tinha sido drástica e dizimara extensas culturas de algodão, cajú, sisal, tabaco, cana-de-açúcar e café. Corada de vergonha, esta lho haveria de devolver.

o——————o——————o

O furto do cheque foi só o bode expiatório, a gota de água que fez transbordar o copo.

No Clube dos Comerciantes, o tenente Castro era alvo de comiseração, pois o chefe dos Correios, João Lobo, costumava comentar os movimentos estereotipados daquele comandante militar do Goengue. Este exercitava-se em leituras de um poema, transformado numa correspondência de que andava hesitante quanto à contingência de expedi-lo à destinatária. Passavam já dois anos, sete meses e cinco dias, que o tenente Castro a repetia como uma ladainha, afundado no sofá da sua cheirosa casa, o que era uma mistela de uma fossa céptica aberta, ratos e detritos. Os moradores da casa geminada ao lado do Castro eram todos funcionários dos CTT, que conheciam já de cor e salteado os versos daquele poema; por isso, viviam ansiosos de ver o final daquela estória. Conhecendo-se o carácter pouco aberto do Castro, a notícia escapou

---

120 Luxuosa, pomposa.

a Dona Luiza. Ela era a destinatária daquele poema que, desafortunadamente, Castro atrasava em enviar-lhe. O poema tinha sido redigido em papel perfumado, banhado em ouro e com lacre nas bordas.

Mal o Castro pisasse o Clube dos Comerciantes começava a aleivosia.[121]

— Então homem, já nas garras da sua felina? — perguntava-lhe o Lobo, antes de tomar o baralho de cartas e as distribuir pelos parceiros que com ele jogavam à sueca.

— Nem nas garras nem na gaita — respondiam os demais, pois Castro, que habitualmente se trajava à militar, limitava-se apenas a um simples encolher de ombros, derrotado em seu disfarçado narcisismo.

— Vou-me embora antes que isto pegue fogo! Isto já parece a casa da Dona Luísa e seus oito maridos.

No momento em que fechava a porta atrás de si, choviam gargalhadas. Lá fora, ainda o viam combalido.

— Se Dona Luísa não voltou a engravidar com oito maridos, não creio que Castro seja competente para tal — insistia o chefe dos correios.

Dona Luíza fartara-se de ouvir que havia uma correspondência nas mãos do Castro, a quem faltava a atitude para lha entregar. Que, por isso, mandou o rato que treinara, para lha roubar. A carta mantinha-a ele debaixo da almofada, mesmo assim ao audacioso rato não

---
[121] Falsa acusação; calúnia.

faltou complacência para a extraviar, numa noite em que Castro dormia como chumbo pesado e fundo. Do amarrotado envelope, o rato extraíu o tão anunciado poema, que fez chegar e de forma hilariante a Dona Luíza: *Minha rainha do Goengue, / Todas as portas do Goengue estão encerradas. / Já bati todas as portas à procura do amor/ Que agora em Goengue só me resta uma, a tua.*

    Ele, que padecia de uma soturna angústia, sabia que os poderes mágicos de Dona Luíza o tiraram da posse da carta, mas faltava-lhe a coragem para lha cobrar. Persegui-la, exigir os direitos reais. Mas a mulher nunca lhe respondeu, o que o deixou ainda mais amuado. Posteriormente, Castro viria a casar com uma ociosa professora portuguesa, da qual teve um filho.

Nas linhas que se seguem, a protagonista é morta pelos maridos. Dá-se depois a imediata e inesperada ressurreição da infortunada. Onde, o que parece fútil acontecimento, evolui para o trágico sucesso final.

14

Dona Luísa tinha uma admirável capacidade de persuasão, ao ponto de ter convencido os seus maridos de que todos os seus pertences eram verdadeiras relíquias. Convenceu-os de que quando ela batesse as botas, quando esticasse o pernil, a cada um lhe tocava uma parte do espólio, que era uma fortuna. Daí, os homens nada mais faziam. Mantinham-se empoleirados em redes de dormir, entretidos em puro ócio, a contemplar os cofres de jóias, a conversar e a fazerem conjecturas sobre o quinhão que lhes haveria de caber. Avaliavam o peso da riqueza dela em reis, quando se lhes colocasse a eventualidade dos comerciarem nas lojas de antiguidades de Quelimane ou de Lisboa. A mim admirava-me o facto de ela lhes ter feito crer que podiam prescindir de todo o tipo de misteres, porque os seus colares de rubis, os seus anéis e brincos de ouros e marfim, as suas gabardines[122] de pele de crocodilo, eram tão valiosos que não havia par à face da terra. Ela levou-os a acreditarem que a herança que lhes deixaria bastava para os alimentar pelo resto da vida, incluindo os seus familiares, por ciclos e gerações ilimitadas. Os maridos de Dona Luísa acreditavam numa obsessão tão ingénua como cega, do seu inesgotável poder financeiro, que

---

[122] Peça de roupa, parecida com um sobretudo, geralmente de material impermeável.

lhe pudesse financiar todas as necessidades, incluso expedições pela África, à semelhança de Chiponda, que se fez crer igualmente rica a ponto de percorrer todo o continente negro com os seus camelos, vulgo *machileiros*, numa ousada como absurda viagem de descobrimento, regressando daí paupérrima e com a roupa do corpo, na mais obtusa das indigências, apenas por um capricho de manter aceso e para a posterioridade o apelido de senhora que em tudo pisa com os pés.

Mas o que aqueles ignoravam era de que o negócio do sisal e do algodão sofrera uma recessão sem precedente. Eles ignoravam que de riqueza ela só tinha a beleza, que estava a ponto de esgotar-se porque caminhava para a curva decadente da sua juventude. Demais a mais, a menstruação começava a falhar-lhe, mês a mês, devido a presságios de mudanças fisiológicas causadas pelo avançar da idade, irreconciliáveis na hidratação da pele e com a mucosidade das concavidades mais fundas e opacas do corpo. Ainda assim, àqueles homens, era vê-los a competirem uns com os outros, numa indiscreta exibição de artigos de adorno e de uso particular, com que ela não os presenteara ainda, fruto do recurso aos seus cofres de jóias, entupidos com preciosidades orientais e da emersa África e do Brasil. Em Goengue costumava-se deplorar aquele amoralismo retintino daqueles homens que viviam na mais profunda irrealidade, porquanto pareciam medir a preciosidade daqueles artigos em função da dimensão do brilho. Livre das peias do Padre Monclaio, agora estavam sujeitos à que se dizia apaixonada crítica do público.

— Os maridos de Dona Luíza ainda se entendem melhor entre si, do que muitos casais aqui do Goengue.

— Mas é só agora. Quero ver quando Dona Luíza fechar os olhos.

— Ah, nem me digam! Será o salve-se quem puder!

— Os ratos, se alguma coisa entendem é quando a casa está a arder.

— É verdade. Basta passarem fome um único dia.

Era tudo uma representação daqueles que não tinham como matar o tédio que os avassalava. Autêntica farsa que se passava na ausência dela. O que Dona Luíza não sabia eram as circunstâncias em que ocorriam as mortes que aqueles prenunciavam. Do jeito como ela gostava de tomar banhos de sol, um dia Andrade pregou que o sol acabara de cair em cima dela. Enternecido, Vilas Boas convertia os cálculos em realidade e, entre copiosas lágrimas, deplorava aquela morte horrível: — Meu amor, não podias ter morrido de forma tão traiçoeira! A choradeira tornou-se uma peste que contagiou o Andrade, o Aranda e o Pinto. Uma melancolia de repente os toldava[123] e puseram-se a falar de um passado, da falecida Dona Luíza.

---
123 Entristeciam.

— Precisavas de encontrar tão resolutamente a morte, para nos deixares tão desamparados? — perguntavam os presentes, diante dos retratos da defunta, genuflectidos.

— Mas fomos cobardes; se fossemos mesmo homens, com todas as coisas nos lugares, nunca teríamos deixado o sol cair em cima dela, senão antes sobre nós mesmos, para a salvarmos — Andrade tentava distribuir culpas.

— Quem a matou foste tu, Andrade! — os demais colocavam-no sobre os cargos.

E aquela morte foi o pretexto para convocar gerais saudades, lamber as feridas da nostalgia:

— Luíza, ao menos devias ter avisado que irias morrer, para não nos deixares sem chão onde nos segurarmos. E, comovidos, desatavam a afastar os prantos que lhes caíam pelos rostos. Limpando-se uns aos outros. Em consolação.

Só os mortos conhecem a estrada de regresso ao mundo dos viventes. E foi no meio desta amargura funérea que Dona Luíza os surpreendeu. Encontrou-os lavados em lágrimas. O "Dezanove e Meio" inconsolável. Os demais vasculhando nos guarda-fatos as roupas mais adequadas para o funeral. Para o luto. Numa coisa foram unânimes: evitariam roupas coloridas. Envergariam tecidos cinza ou pretos. A ela a despachariam com roupas vistosas. Como sempre foi o seu apanágio. Os decotados com que daria aos caprichosos amantes a última oportunidade de se despedirem dos seus opulentos seios.

— Meus amores, o que se passa aqui em casa, que está toda a gente chorando e as lágrimas até inundam este inóspito Goengue?

Como petizes,[124] os maridos de Dona Luísa faziam o jogo do empurra, endossando a insinuação e o motivo do luto para o mais fraco.

— Pois, eu buscava de comer para vocês e vocês a inventarem a minha morte! — deplorou ela, depois de desvendar o mistério.

A trama em que a tinham colocado! Toda taciturna, chamou Prudência e sentenciou:

— Por causa da crise, oferece-lhes um jantar de roupa velha; se não houver, a esses falsos, espias, apreciadores de boa comida e bebida, dá-lhes de comer pedras, pois que esses endiabrados não conhecem sacrifício nem miséria.

Naqueles dias, os banquetes, os chistes e os humores indiscretos sobre a personalidade sombria dos seus maridos tinham passado para a história. Estava no limbo. Tocou-lhe no fundo da alma a saudade do Belchior, e o coração de Dona Luísa foi tomado por uma avassaladora tristeza, que contagiou os *cafres* e os *muzungos* dos sertões do Goengue, Tete, Quelimane e Sena, ainda ressentidos pelo que se lhe imputava das horrorosas mortes de António Machado, Rodrigo, Fazbem e Pirulito. Enquanto os *tam-tam* ainda multiplicavam os comunicados da tragédia para outros sertões de África, os *sekuros*, anciãos na língua do lugar, comentavam que não era de

---
[124] Menino; criança.

bom-tom que um reinol sucumbisse a uma devassa que o abandonara na sua *aringa* no lugar de Ancuase e seguia vivendo impune, algures em Goengue, com o recheio dos seus escravos, como de costume habilitados a meterem narizes na sua vida íntima.

Não obstante, os *mambos*, os *fumos* e os *sapandas*, como se compunha o organograma das autoridades tradicionais locais, haveriam de contactá-la por interposto mutume, mensageiro na língua do lugar. Pedir-lhe-iam contas sobre a localização e o paradeiro de Belchior e os motivos que a levaram a acabar com Machado e a converter a antiga morada num santuário onde o deixara sepultado, naquela alcova imunda que, não obstante passados sóis e luas, exalava a cheiro de homens e a uma empertigada mistura de secrecções masculinas e femininas.

Dona Luísa respondeu-lhes que sendo ela a imediata autoridade vertical investida no local pela coroa, só a esta prestava contas, e que sendo assim, a uma personalidade altiva e do seu estatuto não se aplicava o "Código dos milandos", que antes senão incidiam sobre os *cafres*. A Mulher, que declinou fazer-se presente no capitólio, uma frondosa copa de embondeiro sob a qual resolviam e arbitravam sentenças das demandas dos *cafres*, tanto zombou do poder tradicional que se ria. Ria-se, reduzindo-o a um saco-de-pancada, a uma insignificância semelhante às diminutas figuras dos governadores das terras que cobriam as duas margens dos Rios de Sena. E estas palavras os *mambos* as saberiam por intermédio do outro moço dos recados dela, o Cangarra, pois a Mulher declinou qualquer tipo de confrontação, nem sequer aceitando um tête-à-tête com a gentuça, que não merecia o apreço de se sentar ao lado dela, pior que os seus bichos domésticos e escravos.

E foi para lhe mostrar a sua relevância que os *mambos* concertaram com o *nhondoro* Nhancatengue, curandeiro na designação dos gentios, que pôs um embondeiro a germinar dentro da Casa-grande em que ela habitava. Ela ainda teve o desplante de o degolar, mas assim que o degolou esvaiu-se-lhe sangue estranho, saindo em sulcos e em jorros, até se espalhar pelo esparso chão, precipitando-se pelas portas abaixo, mareando o varandão da Casa-grande, depois o rio, depois ainda o mar, numa onda que mais tarde sufragaria o país.

Posteriormente, ela foi desabafar com o agora seu mais estrito confidente, Cangarra, já que Abundâncio continuava fugitivo. Este lhe chamou a atenção, advertindo-a que aqueles acontecimentos não vinham por acaso. Cangarra chamou-o a reflectir sobre alguns eventos, situações e circunstâncias: Há já dois anos que se tinham mudado para a nova *aringa*, tempo que coincidiu com o homicídio de António Machado. Quando todo o mundo parecia esquecido dos sinistros acontecimentos, eis que de repente uma onda de lama e de sangue veio ao de cima e o nome da *dona* do Goengue começa a ser amplamente apontado como estando em conexão com este e outros homicídios. O estranho de tudo isso é que, há poucos meses, Dona Luíza recebera um homem que dizia procurar pelo morto Machado. Dona Luíza explicou que o homem procurado tinha sido seu amásio e tinha simplesmente sumido levando uma fortuna. O homem não insistiu nem disse qual era o interesse daquele questionário. Todavia, Cangarra estava a par de tudo. Recordou-lhe que quando foi aos CTT postar uma correspondência, soube do chefe da repartição que o tal homem era hóspede do comandante militar e nada mais. Parece que a família do morto o procurava. Encontrara-o e a ideia era de enterrá-lo. Dúlio levara-o daquele sepulcro, ao cair de uma tarde. Fizera-o viajar consigo para Quelimane.

A procura daquele morto despertou a mesma preocupação nas famílias de outros falecidos. Pressionavam o governador-geral, desde a metrópole.

Naquele dia, Cangarra recordar-lhe-ia ainda que Pinto só tentara escapulir-se depois do alerta que o hóspede do Castro lhe fizera, por alturas em que ele entrevistara a *dona* do Goengue. Dúlio informara-o que naquela *aringa* os homens tinham a vida por um fio.

O que é indubitável, Pinto viria a ser preso. Permaneceria incomunicável durante muitos dias. Voltara à vida normal não sem antes denunciar o instigador a Dona Luíza, conforme aquele a recordou. Tirando estas e outras sagas, com mortes por todos os lados, pelo meio Dona Luíza celebrava festas na maior das tranquilidades aparentes. O que era um paradoxo, disse-lhe o confessor dela.

Desde a partida do hóspede de Castro, os gentios de todo o Goengue que tinham parentes desaparecidos, mesmo por razões obscuras e que nada tivessem a ver com a *dona* daquelas terras, imputavam-na de os ter assassinado. Havia outros pormenores a mastigar, mas a roda do tempo corria contra Dona Luíza.

Ao fim deste mesmo dia, Dona Luíza recebeu uma notificação que revogava os seus direitos de concessão e exploração daquelas terras.

───o────────o────────o───

Na madrugada seguinte, nem o sol tinha vindo a nado mas todo o Goengue despertara com a notícia de que a *dona* daquelas terras desaparecera. O prófugo[125] do Massangano, Chiúta, recém-chegado, disse à criadagem que a irmã só podia estar louca para fazer-se sozinha ao mato, pois a palha encobria o caminho.

Não será que ela viajara para parte nenhuma?

Tudo era um labirinto. Cangarra advertiu-o a não minimizar o sucesso, imputando que tal se passava comumente com pessoas possessas dos espíritos vagueantes dos *vandaus*, uma tribo do lugar. Depois, condescende dizendo que talvez

───────
[125] Errante, vagabundo; vadio.

ela vivesse atormentada pelas maleitas dos brancos e dos pretos caídos em suas desgraças.

Chiúta aconselhou os guerreiros a ponderarem. A deixarem-na em paz, pois o espírito benigno do Nhaúde trataria de a proteger.

Com efeito, na tortuosa caminhada, Dona Luíza encontrou-se com um espírito vagueante da floresta, que lhe invocou estar possuído de visões dos deuses do lugar. O espírito lhe revelou ao que ela caminhava. Levantou a mão e a instruíu que fosse sempre pela direcção do baixo Rio, pela margem direita, sem retroceder. Aí estava o que ela buscava. Ao que ela seguiu as instruções. Nos dias que precederam a caminhada decisiva, choveu a cântaros, o que, ainda assim, a não impediu de ir até às últimas consequências. Andava, parava. Saíam-lhe borbulhas pelas plantas dos pés. Rebentava-as. E continuava a caminhar. O calor era forte.

De súbito, viu-se diante do Belchior, que ao vê-la se precipitou. Deixouse engolir pela floresta.

"Onde é que estás, arco da minha vida? Onde é que te escondes, minha estrela do rio? Que aringa te acolhe, rei das noites do luar e dos n'gomas? Onde a tua voz, minha coroa de avelós?" — Dona Luíza procurava Belchior, lançava desesperados gritos que enchiam de terror o ventre da selva, deixando apavorados os gusanos e os vermes dentro dos seus casulos.

Vagueou pelos quilombos, supondo que Belchior tivesse morrido naquela floresta, pois nas vésperas daqueles dias ouvira cada vez mais, e de jeito alucinante, os gritos lúgubres das raposas e das hienas, animais esses de mau agouro, inolvidáveis por terem um fraco pela carne humana em decomposição. Diga-se que a ideia da morte era uma obsessão dela, o que a castigava. Cultivava a tristeza ao limite da própria fantasia. Nutria-se de sentimento de culpa por um marido defunto e a menos na sua vida.

Caminhou durante muitos dias sem dormir. Contanto, em amiudadas situações ocorreram-lhe ao subconsciente as imagens do homem a ser devorado por corvos, que não lhe poupavam os testículos.

Atravessou sertões onde à noite apenas ouvia a galhofa das hienas e dos cães selvagens, os *mbinzes* ou *mabecos*, como já se disse. Até que ao chegar a um quilombo, agachou-se aos pés de um *mambo* que pressentira a desgraça da sua senhora, ofereceu-lhe uma *manxila*, que conservava há muitos anos. Convidou o *mambo* os *achicundas* que aguardavam pelas ordens daquela, para guerrearem contra o Bonga ou os portugueses. Pô-la a caminhar sob a protecção daqueles.

A procissão levou quarenta dias e quarenta noites, pelos sertões secos do Goengue, onde a floresta era seca, tão seca que a folhagem fenecida pedia uma dose acrescida de pólvora do sol para deitar tudo a arder.

É de registar que a divagação, antes de acabar em Mopeia, teve curta escala na confluência dos rios Chire e Luenha, onde Dona Luísa delirava acometida por uma intermitente malária. Delirava a ponto de confundir um leão manso, branco e cego, com Belchior. Deram-lhe de beber infusão de *liames*, uma trepadeira africana que, segundo os gentios e os *muzungos* do lugar, curava aquela moléstia.

    Estava a Mulher doente. Desesperada. Um passado sinistro a perseguia. Fazendo a aritmética, ensombrava-a um rasto de derrotas. A *aringa* fora atacada e arrazada vezes sem conta por Bonga. Este, que lhe arrebatara um número considerável dos seus escravos. Investira bastante crédito na sua aquisição. Estava em mora com os credores, os *mambos* do lugar e dos arrabaldes.

    Não obstante, decidiu não vergar. Continuou. A viagem era perigosa, no meio daquelas terras dominadas pelo seu temeroso irmão, mas o seu guardião Sekulo garantiu-lhe que o futuro estava assegurado. Acompanhava-a a benção dos espíritos *vandaus*.

    As intermitentes febres voltaram a castigá-la no lugar de Tete, terra essa de uma quentura cavernosa, com uma temperatura a quarenta graus, que o seu corpo tremente e febril não acusou, naquela intermitência da morte. O delírio era-lhe uma constante. Assaltaram-na visões estranhas, dos maridos que a tinham deixado só. Sem nenhum mantimento. Sem eira nem beira. Entre os despojos nenhuma jóia. Nenhum dente de marfim. Os *machileiros* desceram-na da *manxila*. Guardaram o tempo no passeio. Ela

sentada. O mundo à roda, vendo-se com os pés no céu e a cabeça na terra.
— Esta não é a *dona* do Goengue? — cidadãos comuns perguntavam-se entre si.
— É!
— O que ela busca?
— Veio cá apelar ao governador para lhe devolver a posse do prazo do Goengue, mas o governador de Tete não a quer receber.
Populares de Tete, que a admiravam pela ductilidade com que se lhes insinuava à sua passagem pela pousada, manifestaram-se imediatamente diante do governo local, exigindo a anulação daquela decisão. O governador cedeu.

Em Goengue, a incógnita mantinha-se. Onde estava a *dona* daquele *luane* meio abandonado?
Depois de prover-se dos devidos mantimentos, deixou Tete. Decidida a chegar a Mopeia. Ouvira que Belchior andava por aí. As febres voltaram a castigá-la. Mais do que o fogo que a devorava até às entranhas, havia a necessidade de tomar as devidas prudências. Na verdade, o reduzido séquito era-lhe uma preocupação. O grosso tinha ficado para trás. Não sabia como extirpar as febres. E para a sua desgraça, assanhava-se com o leão cego, que pelas suas visões a aceiravam.[126] Autoritária, pedira por diversas

---
126 Espreitar, vigiar.

vezes aos seus *sequazes* que detivessem o leão cego, mas estes não o podiam alcançar. Ela teimando que o via. Mostrando-o. Eles advertindo-a que não passava de uma miragem. Uma alucinação. Ela repreendendo-lhes com viperinas[127] e vis palavras, que feriam a honra dos *chicundas* e seus ancestrais. Repetia-o no trajeto que levara dias de se perder a conta com os dedos dos pés e das mãos, de se perder a conta contando as estrelas e as luas. Traía-a a obsessão. A relutância, que muitas vezes a levaram à desgraça e a consequências desastrosas.

⸻

De repente, e no que parecia um castigo à sua lascívia e devassidão, as visões mudaram de configuração. Pelo que se lhe impregnava, aos olhos lhe chegavam imagens do presumido ausente desfrutando num quilombo remoto, e apesar de cego, bailando e bebendo aguardente de maçãs-da-índia, da mesma cabaça, com formosas concubinas negras na idade de donzelar. As raparigas, trajadas de tangas de cambaia, de hirtos[128] peitos a descoberto (ela ainda imaginou as mãos gulosas do Belchior tentadoras sobre eles, a correrem-lhes, sugando-as em carícias febris e quentes, sorvendo-as como se se tratassem de frutos virgens à civilização), diferentemente dos seus que ameaçavam cair de tanto usados. O que

---

127 Venenosa; peçonhenta.

128 Eriçado, rígido.

tornava aquele, um homem honrado e respeitável. Tinha o coração em pressas e aos tumultos, para cima e para baixo, arfando de modo que se lhe poderia ouvir o bom tom, a trinta léguas do lugar em que se encontrava. Pior era a ira. Os acessos de ciúmes, que a deixavam encolerizada. Deixavam-na desnorteada.

Nestes sinais havia algo de vitalidade no seu coração. Uma intrusão com o coração do seu "brinquedo". Ordenou aos seus que lançassem uma razia. Para captura da alma vagueante do amado. Ordenou que vasculhassem tudo o que fosse canto, tudo o que fosse mato, tudo o que fosse gruta. Até o encontrar. Acreditava numa intuição, algo que lhe dizia que a um canto que fosse depois de tudo vasculhado ele estaria lá.

Não arredou mais os pés do lugar onde acampou. Jurou que só sairia se lhe levassem o último fio dos cabelos do Belchior. Ou jamais volvessem se não quisessem eles perecer às mandíbulas dos crocodilos.

Quando dias depois os homens regressaram com a notícia do fracasso da operação, ela voltou a montar a *manxila*. O grupo avançou pelos prados, pelos sertões emersos daquelas terras entre o oeste e este, entre o norte e o sul dos Rios de Sena. Avançou por aquelas senzalas imersas na escuridão e nas vozes das *quizumbas*, nome que tomam as hienas na língua dos selvagens. O grupo deixou-se engolir pelo abismo naquela garganta escura da noite, imersa nas vozes dos leopardos que apareciam em seus serões e a gozarem das suas fêmeas com cio, num espectáculo trepidante que se perscrutava através dos gonzos dos seus fémures, que agitavam freneticamente as árvores, depois era correspondido pelo entusiasmo e o prazer.

Desesperada no meio da floresta, e agora com a sua força residual reduzida a duas unidades, no encalço do Belchior, Dona Luíza lançava lancinantes gritos que ecoavam naquela treva:

— *Onde é que estás, arco da minha vida? Onde é que te escondes, minha estrela do rio? Que aringa te acolhe, rei das noites do luar? Onde a tua voz, minha coroa de avelós, minha música pura?*

— *Estou aqui* — ouvia-se esta resposta, que ela não sabia se de Belchior ou da floresta.

— *E por que me abandonaste?*

— *Porque tu me magoaste o coração* — a voz nascia do útero da floresta vazia e desprovida de animais. — *Traíste toda a minha esperança, mulher.*

— *Na verdade, eu só queria o gozo. Cansei-me de gozar. O teu coração, meu anel de aliança, é que é muito bondoso.*

— *Só fui o teu brinquedo o tempo que durou, mas doravante, és de outros, e jamais anel de aliança como fui, para ti.*

De repente, a voz exilou-se num imenso silêncio, que pareceu anunciar o fio da morte. A floresta tornou-se escura. Eclipsou-o para junto da divindade das trevas.

15

No regresso de Tete, com o seu reduzido séquito, foram dar a Mopeia, num remoto povoado, cujo chefe de posto lhe exigiu o salvo-conduto. Disse ela que não tinha. Pediu-lhe o passe, respondeu ela que o não tinha. Reteve-a e ao grupo.

Antes de aqui chegar, lembrara ela que tinha sido a sua teimosia a arrastá-la para aí. Não queria regressar a casa só, sem o Belchior. Passara já pela margem direita do Zambeze, margem direita de Chire, nascente do Muira, atravessara o Prazo Chiramba, depois entrara na ilha chamada Nhabzuro, na entrada da Lupata, onde os *cafres* do lugar fizeram uma dança solene com acompanhamento de batuque, em honra da sua senhora. Os *cafres* prometeram-lhe, pela alma do Nhaúde e dos seus ancestrais, combaterem os portugueses.

A festa já terminara mas ainda se demoraram a contemplar um gato, que aos olhos de uma graciosa borboleta que volitava,[129] comia peixe, na maior das destrezas, sem sobrar um único naco de carne entre as espinhas. A borboleta espantada, não sabia se aquilo era fome ou arte. Os *cafres* na maior das galhofas assistiam ao espectáculo. A caravana avançou. De repente, o grupo cruzou com o prelado jesuíta Joaquim Montei-

---
129 Mover as asas para se deslocar no ar; esvoaçar.

ro, escravo do Bonga, que fugia para o prazo de Inhapanda, arrastando consigo a negra Amina, concubina do seu senhor. Dona Luíza arremessou-se para fora da *manchila* e se lhe dirigiu com ternura, ao prelado barbudo, que movia o corpo como uma gazela nos tandos. Os homens de guerra da Dona Luísa saberiam daquele que estavam dentro do terreno inimigo. Quase a atingir a boca do Tigre-silvestre. Mas Joaquim Monteiro tranquilizou-os, contanto quisesse ela passar despercebida deveria caminhar sempre pelo interior e nunca pelas margens do Rio Zambeze, onde Bonga concentrava o grosso do seu exército, para atacar os comboios de mantimentos e a armada portuguesa. A isso a Mulher responderia que contava com a protecção do seu guardião Sekulo e da benigna alma de Nhaúde. Todavia, vendo o padre, que bem conhecia, levando a rapariga, Dona Luísa caçoou numa grande gargalhada:

— Padre, cometendo pecados nas trevas de África?

— Ah, Dona Luíza! Por estes sertões? De Quelimane correu a má notícia de que morreu no lugar de Ancuase e que os seus demais maridos há pouco fugiram da sua *aringa*.

A morte ainda não me chamou, por isso ainda cá estou. Enviuvei-me de meus dois maridos. Como pode ver, não me preocupo com a desonra dos maridos fugitivos.

— Sempre desfrutando nas mãos de novas companhias, Dona Luíza. A solidão nestes ser-

tões de África é uma companheira desaconselhável. Decidi juntar a minha solidão a solidão desta mulher e seduzi-a, desencaminhei-a. Era uma das concubinas do Bonga. Corria perigo de vida. Quem salvar uma alma penada encontra a benção e o perdão de Deus, nos céus.
— Padre, não receia que Bonga o aprese e o degole?
— Não. Esta fuga é a minha ressurreição e a da Amina — justificou o padre que era fluente na língua dos *cafres*. Tirou do bolso um papelinho que deu à interlocutora. Esta pô-lo dentro do *soutien*.
— Eu desejo-vos a vida eterna!
— Também a si e aos seus tantos maridos, eu desejo amores eternos. Que não falte mel e lua na vossa colmeia do amor, até ao fim dos vossos dias.
— Aleluia!
— Amen! Como boa felina que é, faço votos que continue a caçar maridos como quem caça rolas e perdizes por esses tandos.[130]
Dona Luísa olhou para o ventre da Amina, arredondado como uma lua. Voltou a caçoar:
— Padre, pelos vistos andou a predicar muito.
— Dona Luísa, eu tanto prediquei como pratiquei. O bíblia bem diz: ide pelo mundo e espalhai a boa nova e o amor.
— E de quem é a cria que ela leva? Do terrível Bonga?

---

130 Campo de vegetação rasteira.

— Não, é minha cria.
— E como sabe?
— Nós os prelados não só conhecemos a vida do reino dos céus, como estamos inexpugnavelmente radicados na ciência e na realidade terrena — rematou o prelado entrando no mato, em direção a Inhapanda.
— Se ela der à luz a uma varoa ponham-lhe o meu nome — gritou ela. Monteiro e Amina assentiram. Ambos prosseguiram com a caminhada, passando por veredas secretas, sem nunca serem vistos pelos espiões do Bonga.
Soube mais tarde de quem se tratava aquele padre. Haveríamos de nos encontrar em Inhapanda, quando, na última expedição, ali fui parar, a pregar a boa nova. Morava numa palhota e tinha uma rapariga mulata como cria, a quem, de facto, puseram o nome de Luísa. Soube também que Bonga não demorou a enviar uma embaixada a Tete, a reclamar, junto do governador local, a devolução do Monteiro e da Amina ao seu potentado. O que aquele não cedeu.
Que mensagem havia naquele bilhete que ela logo guardou no *soutien*?

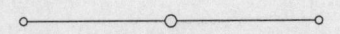

Convém que me refira à terra do interior de Inhapanda, pois era nesse lugar, com os seus *luane*s, designação para as casas senhoriais, e matas, nos arrabaldes de Sena, parte da Gorongosa, onde exercia a autoridade Dona Vitória de

Sousa, tia da já referenciada Dona Rosário, de nome de guerra N'fucua, palavra essa bastante recorrente, que na língua do lugar significa procura gente para morrer, ou demónio que ao levar alguém à morte, muda-se para outro lugar em busca de novas vítimas. Pois bem, essa Dona Vitória de Sousa, se dela bem me recordo, além de ser bastante severa com os seus escravos, cultivava um férreo ódio a Bonga. Daí que, não tendo relações com este, recebia todos os escravos fugitivos de Massangano. O que relevava nessa mulher era o facto de nunca ter vergado à supremacia masculina.

Tanto Dona Vitória como N'fucua foram para mim personagens interessantes, daí inexpurgáveis das minhas inolvidáveis memórias. A primeira, pela influência que exerceu nas duas, quer dizer, sobre N'fucua e D. Luíza, em tanto que tia adoptiva. A segunda pelo paralelismo em termos de formosura. Esta rivalizava com D. Luíza, embora seja verdade que a história tenha ignorado a facha de relâmpago que esta última causara na vasta terra dos prazos, povoação que gerou belezassem par em toda a estória das belezas que a habitaram. D. Vitória, a mulher de Manuel António de Sousa, à semelhança da D. Luíza, era uma mulher de guerra, bastante temível, não só pela tenacidade com que enfrentava os seus adversários masculinos, sobretudo pelas ameaças veladas com que se lhes dirigia e sujeitava os seus escravos. Mas por mais que ela fosse temível, não faltou quem a desafiasse para avaliar a sua virilidade. É o caso da sobrinha N'fucua, filha de D. Conceição, que antes de completar a puberdade, se apaixonou pelo Baltazar Aparício, capitão das suas tropas, que a arrastou pelas asas, levando-a ao quilombo. N'fucua, mestiça com uma pigmentação misteriosa, de brâmane, cafreal e europeu, era bela, muito incipiente e já praticante da arte mágica da sedução. Quebrava corações. Daí a pouco, toda a Zambézia a haveria de consagrar como uma beleza, a quem a prazeira de Goengue viria a suceder. N'fucua e Dona Luíza passariam à história, assim mesmo, como verso e anverso das Vénus daquelas terras. Ambas, temperadas com um sopro de magia oriental, tornar-se-iam o que ainda hoje as vissem se deitam em lamúrias, o que os *nsombas* choram de pura nostalgia, que no silêncio milenar as margens do Rio rumorejam, deusas sem par que alguma vez assentaram arraiais no lugar. Eram as duas um perigo para os felinos que gostavam de caçar, pois em última instância eram elas a azagaiarem-lhes os corações, e não raras vezes deixando-os feridos.

No caso do Aparício, este tivera um fim desditoso. Dona Vitória mandara cuidar da saúde dele. Mandara-o matar, uma vez lhe soara a infâmia que um preto como carvão arrebatasse da sua mão uma rapariga prendada, de ária raça, cuja sorte aguardava banquetes de felicidades, reverência e cortejo dos *muzungos*, uma vida luxuriante com um número sem fim de amas, na sua Casa-grande, de Quelimane. N'fucua regressou ao prazo já descabaçada, para não muito tarde enfeitiçar o coração do tio, Manuel António de Sousa. Posteriormente, haveria de encantar o Teixeira, administrador de uma das companhias daquelas terras. Teixeira, à semelhança do José Vilas Boas, do Andrade, do Mateus do Aranda e do Duarte e Pinto, não era honesto, pois como os demais, traziam agendas incógnitas da monarquia. Teixeira, como os demais, mantinha vidas conjugais paralelas entre a África e a metrópole. Casado com uma jovem lisboeta, Teixeira encontrara nela uma almofada para se distrair da monotonia na colónia, pois os colonos que então demandaram a província tinham propensão pelas célebres mulatas dos prazos. E nisto, N'fucua e D. Luíza, duas mulheres de ideias próprias, provavelmente vulneráveis aos homens, incapazes de recusarem os reinóis de aparência nobre, converteram-se nas preferidas daqueles, de tal modo que estes se viam engrandecidos por disporem das mais belas silhuetas que a África lhes poderia oferecer.

No capítulo seguinte, em face dos descalabros das expedições militares portuguesas a Massangano, põe-se em marcha a teoria de conspiração, com que se tenta justificar a desgraça em que a armada caiu. Dá-se a segunda prisão da Dona Luísa. Dá-se também a ressurreição do Belchior.

16

Depois de muitos anos de relativo protagonismo, nos dias do fim Dona Luíza deixou-se cair no silêncio. O seu silêncio tornou-se uma inquietação para Motontora, na altura à cabeça do Estado do Massangano. Os espias daquele o desinformaram. Disseram-lhe que ela tinha ela partido para o exílio, impensável em quem sempre jurou jamais abandonar as suas terras. Pouco depois Motontora viria a saber que a irmã se achava em Quelimane, detida a mando do governador-geral de Moçambique, Augusto Castilho, por traição à coroa, entre outros crimes. Na Cadeia de Quelimane, ela sujeitou-se a duras penas, embora suportada por António Lopes, seu marido único dos dias do fim. Na prisão, Dona Luísa não podia acreditar que a monarquia a imputasse pelas cinco consecutivas, assombrosas e estrondosas derrotas sofridas pelo exército português, em batalhas contra o Estado de Massangano. A quinta derrota, a armada portuguesa, excelentemente equipada e provida de todos os mantimentos, sofrera-a em disputa com Motontora, por àquela altura sucessor do Bonga. Motontora chacinara duas centenas de soldados portugueses. Ainda assim, o futuro prometia surpresas.

Apesar da rivalidade que os dividia, contara-me Dona Luísa, Motontora não gostou da notícia da detenção da sua irmã pelos portugueses, porque tal representava uma ferida no seu orgulho, um ataque ao âmago da sua raça e à honra de Nhaúde. Ele lembrara-se que o fulcro da antipatia do Bonga para com Dona Luísa estava na atribuição, por Portugal, em favor desta, do prazo do Goengue. Dona Luíza também se pretendia herdeira legítima do Estado do Massangano, mas sem gozar do reconhecimento do irmão, desgostoso com a ordem régia e por ela não respeitar a sucessão dos varões. Assim mesmo, Bonga acreditava que o único recurso para a sua imposição era fazer-se com a força, desestabilizar a *aringa* daquela e sempre que lhe aprouvesse. Por outro lado, Dona Luísa tinha na consciência que havia em si uma posição ambígua. Directa ou indirectamente, sempre conspirou a favor do irmão, por recear que à desgraça do irmão ante os portugueses, ela a apanharia, por tabela. Seria o seu fim.

Não iria resistir a passar mais do que setenta dias e setenta noites na prisão, porque nem isso consolava o governador-geral e o Rei D. Carlos, amargurados e doridos face aos fracassos expedicionários. A prática mostrara-lhes que não só Bonga era indomável, como todos os seus sucessores, incluindo Motontora. Demais a mais as expedições contavam com um obstáculo comum: batalhões de mosquitos que actuavam em favor dos nativos. Em bom rigor, foram a causa da morte de muitos soldados acometidos por malária, e, para castigá-los, havia os parasitas transmissores da cólera que os deixavam prostrados com intermitentes disenterias. Era verdade que por dia defecavam cem vezes; ainda assim com barrigas vazias e sem nada para expelirem pelo ânus, sentiam o desejo de defecar crescer, o que não se sabia se de disenteria ou de medo aos opositores.

    É verdade que Dona Luísa nunca conseguiu superar o assassínio do filho por Bonga. É verdade também que nunca conseguiu enxergar a razão porque Bonga coleccionava ódios e rancores contra si. Ela não compreendia como tendo Bonga sangue negro a correr-lhe pelas veias, ousasse assassinar o sobrinho, advogando ser de uma raça desprezível e que sujava o sangue da família. Podia ser que odiava a sua própria raça. O que parece evidente é que Bonga era controverso não só na forma como odiava a sua raça, mas como não aceitava que os sertões e os prazos fossem administrados por indivíduos diferentes da sua raça, fossem eles brancos ou goeses. Sendo verdade que a ordem régia não previa para pessoas de cor o dote com as *donas* dos prazos, então o jogo raiara-lhe pelo antagónico. Não fosse o diabo tecê-las, era o caso da paixão da irmã para com o preto Fazbem.

    Quando a fui visitar na prisão de Quelimane, onde permaneceu três meses, três noites e três horas, compareceram, respectivamente, naquele dia, o seu primeiro marido, o Belchior, e o António Lopes, esse um homem sério e honesto, capitão-mor de Quelimane.

    Mais tarde, a sala de visita dos detidos tornou-se pequena; juntar-se-iam os maridos, agora reaparecidos. Um enigma que ninguém sabia explicar. Se alguns buscavam ficar com o que ela tinha de espólio, Belchior, que se apresentava muito envelhecido depois de anos de sumiço e vida sacrificada, mantinha a obsessão e a persistência de materializar o divórcio. Os "maridos" dela todos pendentes de compaixão para com ela. Faltavam o Fazbem e o Pirulito, que nunca oficialmente nem informalmente foram dados como seus "maridos". Quanto a estes, dizia-se, Dona Luiza livrara-se deles, vontade semelhante a do Bonga, que os queria a padecer no cemitério. Pelo menos a esperança do Bonga era eliminá-los o mais cedo possível, antes de se infestar a família daquele infame sangue negro.

    Diferentemente de alguma provável animosidade que as nossas presenças pudessem causar num ou no outro, nesse dia aprendi, compreendi como uma única Mulher podia juntar dez homens à sua volta, mantê-los à sua sombra tutelar — digo dez porque os maridos mortos sempre ocuparam os seus lugares na vida dela. Compreendi que a nossa solidariedade e fraternidade eram únicas e se caracterizavam por a desejarmos, sem aquela aleivosa luta egoísta de contrários. Compreendi que naquela forma com que nos unimos a ela, sobrara em cada um de nós um pássaro nas mãos e a vitória nunca tinha sido tão doce que não o estarmos ali e a contemplarmos na esperança de que tudo iria compôr-se muito brevemente.

    — Quem é essa Mulher que tem o dom de unir vivos, mortos, cegos, feridos e coxos? —

perguntou Dona Maria, a irmã, que também se achava presente.

— Só a Dona Luísa pode fazer isso. É a única no mundo capaz de unir os afectos e os desafectos — respondeu gargalhando um dos dois sobrinhos dela, que também se achavam no lugar. Contagiados, enchemo-nos de galhofa.

Todos nos rimos muito largo e com gosto. De súbito, houve uma pausa, que Dona Luísa rompeu, recuperando o seu característico chiste:

— Belchior, que forma é essa de morrer e ressuscitar?

— O primeiro marido de qualquer mulher é quem nunca morre; se a ela acontecerem piores misérias com outros parceiros ao menos tem-o a ele; ressuscita-o as vezes que quiser, para ilustrar o seu lado benigno — afirmou prontamente o Belchior.

— Luísa, não sairei daqui sem ti. Já bati a todas as portas e da Ilha de Moçambique o teu mandado de soltura está prestes a chegar pelo correio — afirmou Lopes. Dona Luíza asseverou depois, com um tiro certeiro:

— A prisão do corpo não ensombra o sentimento, porque o torna aparentemente feliz e voluntário, celebra a única alegria da alma do ser humano; neste caso é menos angustiosa e a tortura é menos infernal.

Ninguém disse nada. Dona Luíza aproveitou o momento para interpretar como factos consumados, as obras das suas alucinações delirantes:

— Belchior, vi-te no meio de umas donzelas cafreais, com as quais mantinhas intimidade

— Dona Luísa disse, como sempre, afrontando-o com algo produzido pela sua imaginação doentia. — Depois de longos séculos de ausência, uma *dona* que se preze, não pode esperar infinitamente pelo seu homem.
— Luísa, há muitos pedestres nesta corrida! Perdeste a noção da realidade. O teu poder chegou ao fim — atirou Belchior, com um tiro certeiro, com palavras que a deixaram a sangrar por dentro.
Ainda era o início da descida ao inferno. Até lá chegar, Dona Luísa teria que esperar cinquenta e seis dias, cinquenta e seis noites e seis horas. À semelhança do que os negreiros saídos de Quelimane levavam a alcançar as terras brasileiras. Portanto, enquanto tardava a soltura dela poucos iriam sobreviver à epidemia de malária, que afectava fulminantemente aquela terra salubre.

Mal os demais saíram da sala de visitas, Dona Luísa espreitou para todos os lados, como a pretender certificar-se da certeza da solidão que a rodeava, se tal a tornava ou não uma ilha. Depois de confirmá-la, meteu a mão debaixo do peito e sacou um papel aquecido pelas glândulas mamárias. Avançou mais um passo, toda gaguejante e incrédula. Foi juntando com dificuldade as letras às palavras; foi praticando a leitura, imposta aos reclusos, como uma criança na pré--instrução. Em voz alta, na cela, onde se achava apresada. Era a certidão de vida escrita pelo punho do então Pároco do Massangano, Joaquim Monteiro, reconhecida por tabelião, que além de provar a sua existência, declarava ter sido a mesma passada na sua presença. As dúvidas dissiparam-se. Assim mesmo, antes de deixar a sala de visitas, disse-lhe o Belchior:

"*O vento, meu guardião, levou-me por todos os lados, através deste Zambeze emerso. A um canto do salão da terra do Goengue pus-me discretamente, a falar-te, atento a todos os teus movimentos. Não sei se alguma vez ouviste-me. Alguma coisa dizia-me que algo estava prestes a acontecer. Nunca pretendi que me cutucassem com vara curta. E mantive-me no meu zeloso silêncio, como um podogoma, nome que se dá ao leão na língua do lugar. Enquanto a nossa aringa era devastada por Bonga, muitos presságios se me ocorreram, ao longo dos acontecimentos que estavam em cadeia. Como veio a suceder, não tardou muitos dias e mais de mil gentios atacaram Tete, Sena e Quelimane, deixando os sipaios dos portugueses incapazes de os responderem. Ao mesmo tempo em que os escravos fugiam dos seus amos, para terras inacessíveis, onde a todo o custo pretendiam manter-se a salvo das purgas, também aquelas cidades onde se mercadejavam o ouro e o marfim se tornavam desérticas e as ruínas tomaram conta dos lugares então pitorescos. Era o caos. Num canto do galo, toda uma noite imersa acaba, como aque-*

le forte vento que num só golpe arrasa as casas das donas aristocráticas e dos seus senhores, deixando-nos o pobre espectáculo, semelhante a dos vátuas, essa tribo guerreira, que por onde passaram ofereceram-nos a pobreza da paisagem destruída. Esse vento desgarrador, o que te acorrentou, e depois, como previ, te levaria ao exílio em Quelimane, apresada como o antes foste em Muípite, nome esse dado a terra e que é uma ilha a norte, onde mais tarde assentarão os arraiais, e para todo o sempre, a raça que levas nas tuas veias: a tua irmã Dona Maria, na companhia dos teus irmãos Fukiza e Chiúta, os dois filhos daquela e outros tantos parentes da prole do Bonga, talvez dezanove, talvez vinte. E lá se enferrujarão com a tua turba, enquanto eu, cego, continuarei a vaguear pelos sertões e os quilombos deste vale misterioso de Águas de Pedra, aliás, a tradução fiel para o nome que toma esse emerso Rio de África, por onde chegou o teu amigo Livingstone, procedente de Angola, embora desconhecendo as origens, mas arruinado e pobre, como eu, depois de sonhar com as transações entre a costa atlántica à contracosta; já então consumado como frustrado pela inviabilidade comercial deste mesmo Rio, sem mantimentos e custeando-se, como eu, graças a mãos caridosas. E pelo tempo que te resta saberás do absurdo que foi a forma como trataste os teus afectos e desafectos. Aquela laguna onde criaste lagartixas desde pequenas, até elas evoluírem e transmutarem-se em crocodilos, foi mais um dos teus absurdos e monstruoso erro; onde arrogância ilimitada chega, começa a noite destruidora, porquanto dela se serviu o teu irmão, para matar aquele filho bastardo, que tiveste de um preto a quem começaste por tratar numa categoria inferior a de um manambwa.

Quiseste que a vasta terra do Zambeze fosse um potentado teu, mas não conseguiste, e nem conseguirás ter um potentado no céu. E para a desgraça que te há-de acompanhar os teus parentes serão condenados a viverem naquela ilha de três quilómetros de cumprimento, como o mais comum dos seus habitantes, e ali os teus outros maridos, não usufruindo dos mantimentos que lhes oferecias, saltarão ao mar, e se atrelarão a caudas de belas chuabos, deixando os teus não somente solitários como inconsoláveis, sob as lágrimas em que se afundarão, quando se contemplarem ao espelho e recordarem como era grande o firmamento que lhes despojaram; se reconhecerão tão ridículos como qualquer gentio que povoa esta terra, vulneráveis às tropas que cairão sobre eles, e os imporão que guerreiem contra outras rebeliões. Decerto, a tua perversão não será jamais repetida pela história. E a tua dor nunca terá fim".

Na alvorada seguinte, Dona Luísa sentiu-se doente, com dores por todo o corpo, um estertor como se a tivessem lapidado a noite inteira. O frio de Julho era aterrador naquela cela. Não se levantou. Manteve a cabeça enterrada no cobertor arrepiado e sujo. Soturna, quais abelhas que a acossavam, os ouvidos repetiam-lhe as palavras proferidas por Belchior, qual rosário, na noite anterior.

Quando saí do país da Zambézia caíram-me nas mãos, e em catadupas, informações sobre a queda do feudo da "sagrada" família Cruz. Escrevi cartas originais do meu próprio punho ao governador-geral de Moçambique. Dele recebi esclarecimentos, com documentação anexa, hoje insubstituíveis, de um alto valor histórico sobre os Cruzes e aquela a'nhara ou sinhá, Dona Luísa. Talvez valha a pena citá-lo (ao Castilho). Refundi-las-ei neste capítulo, como as demais correspondências, juntando outros aditamentos, ou subtraindo-lhes detalhes irrelevantes.

17

Ilmo. Exmo. Livingstone,

O*s secretários dos governos subalternos da província de Moçambique, sempre oficiais subalternos do exercito de Portugal ou da província, estão geralmente (vá dito sem ofensa) em um nível intelectual e de instrução inferior à importância do lugar que exercem. Daqui resulta que os arquivos estão quase sempre em desordem, sem catálogos possíveis, não sendo raro extraviarem-se papéis importantíssimos, e sendo quase impossível obterem-se os esclarecimentos que se procuram. Além das causas apontadas, e que são mais vezes filhas da falta de conhecimentos especiais dos secretários, e até de alguns governadores, do que da má vontade e desleixo de ambos, devemos ajuntar o mau acondicionamento dos arquivos, que muitas vezes estão inevitavelmente sujeitos a humidade, baratas, muchém, traça e ratos, a frequentes mudanças de secretários e de governadores, etc. Mas deixando de divagações, vamos ao que interessa:*

É do seu conhecimento que no ano da graça de 1877, aos cinquenta e dois anos, falecia muito descansado na sua casa e na sua cama, dentro da aringa de Massangano, o celebrado António Vicente da Cruz, ou Bonga, sucedendo-

-lhe no poder ou subindo à butaca[131] seu irmão Luiz Ramos da Cruz ou Mochenga. Este sujeito, que veio ultimamente a morrer no começo desta guerra, em maio de 1888, não gostou de estar no poder, e abdicou em seu irmão Victorino António Vicente da Cruz ou Inhamesinga, que pelo Bonga havia em tempo sido desterrado para o Báruè, por ter assassinado a própria mãe e uma madrasta! Inhamesinga morreu em 1886, e foi substituído pelo Chatara (hoje preso no archipelago de Cabo Verde) e que tem o nome cristão de António Vicente da Cruz, como o Bonga.

Durante o fim do reinado do Bonga e durante os do Mochenga, do Inhamesinga e do Chatara, até que rebentou a guerra de 1887, nunca houve da parte do governo, nem da dos de Massangano, actos de aberta hostilidade. A navegação do Zambeze conservava-se desembaraçada, e o comércio fazia-se para cima e para baixo, mediante os competentes saguates, na língua do lugar recompensa, que todos na sua passagem pagavam em Massangano, e que o próprio governo de Tete lhes mandava!

A insolência daquela maldita raça dos Bangas e dos seus sequazes havia subido tão alto, e a nossa pusilanimidade havia descido tão baixo, que, ou havíamos de continuar a transigir com tudo, e em breve perderíamos a Zambézia de Sena para cima, ou tínhamos de fazer um esforço digno, inteligente e sacudido, para

---
[131] Cadeira, trono.

retomarmos o nosso lugar de nação dominadora e exterminarmos aquela raça de bandidos.

A guerra de 1887 foi a explosão bem combinada desse nosso esforço, mas não teve os resultados que eram para desejar, porque, se é certo que tomamos e destruímos a aringa de Massangano, não é menos certo que ela se achava completamente deserta e abandonada pelo Chatara e seus grandes, que, à aproximação das nossas forças, passaram para a margem esquerda, e se internaram com todas as suas munições e armamentos, que teriam sido insuficientes para nos oporem séria resistência. A descrição desta bem organizada e brilhante expedição dirigida superiormente pelo inteligente, ilustrado e patriótico tenente coronel de artilharia Joaquim Carlos Paiva de Andrada, está minuciosamente descrita por ele num relatório publicado no Boletim oficial da província, e em uma interessante conferência feita na sociedade de geografia.

Mandei também, pela segunda vez, prender a célebre D. Luiza Michaela da Cruz, que hà mais de dois anos residia permanentemente em Quelimane. A detida aguarda ordens do governo.

Poderia terminar esta comunicação falando do esmagamento do Massangano e fornecendo-lhe a relação nominal dos grandes, chefes de guerra e axicundas (escravos soldados) de Massangano e do Sungo, que foram os conselheiros e principais instigadores do Motontora e de seus irmãos na última luta. Mas releva sobretudo, que o grande destes, depois do Motontora,

o Mutundumura, foi ferido em uma perna em combate no dia 9 de outubro 1888, Chinguoto foi capturado e morto depois de terminarem as hostilidades, Camuriué morreu em combate. Dos restantes não tive notícia. Nesta expedição morreram três dos dezanove filhos do Bonga, três estão no nosso cativeiro.
 Cordiais saudações.
 Atenciosamente.
 A.C.

Mais uma vítima do Senhor Castilho

Maldita a memória do homem que há pouco deixou de governar esta província.

É este aforismo que nos lembra para designar o homem que vimos de tratar.

Livres de animosidades e de malquerenças, que não temos nem tivemos com aquele homem, é serenamente e a sangue frio, que vamos apontá-lo como autor de mais um crime.

O senhor Castilho, no seu dizer, há vinte e cinco anos descobriu que Moçambique era um terreno que se adaptava para o teatro das suas ambições.

Com efeito, começou por Lourenço Marques, como governador subalterno.

Foi bom o seu governo? Não nos propomos em demorar em confronto.

Foi em Lourenço Marques que um acto seu abreviou o termo à vida de um seu camarada, o senhor Maya. Uma doença moral levou-o à sepultura em breve trecho, porque não pôde sobreviver à desonra.

O autor dessas desonras foi o senhor Castilho.

Os jornais da metrópole desaprovaram a sua nomeação para governador geral.

Ligado a companhias com sede na província que ia governar, bem se pode prever se devia ou não proteger, com a sua influência de governador da província, os interesses dessas companhias.

Os jornais da metrópole não se enganaram.

Tomando as rédeas do governo, começou por trabalhar para que os prazos da coroa, do distrito de Quelimane, viessem um dia a serem adjudicados a uma das companhias.

Os cofres públicos nunca tiveram um vintém, porque o dinheiro era absorvido pelas comissões que imaginava, para obsequiar os seus amigos.

Mas, deixemos este estendal,[132] que só tocamos por descargo de consciência.

Mais uma vítima do senhor Castilho, encima este artigo, e é só deste assunto o nosso propósito...

Dona Luísa Michaela da Cruz Lopes, senhora africana casada com o senhor António Lopes, europeu, deixou este mundo ao correr do dia 21 de abril último.

Há dois meses apenas. Ainda está quente a sua memória.

Presa aleivosamente pelo senhor Castilho, ordenou que esta senhora fosse lançada nas cadeias da comarca de Quelimane! Sem nenhuma culpa formada, e ali, aquela senhora jazeu mais de setenta dias.

Uma prisão horroriza um homem, espírito mais forte; e a repulsa em uma mulher.

Desde cedo começou a sofrer maltratos, até que uma doença a prostrou de cama, de onde só se levantou para o cemitério.

---

132 Larga explanação de coisas ou assuntos.

Estava concluída a obra de Castilho. Estava cumprida a sua vontade feita.

Era a segunda vítima, a primeira o desventurado oficial, o senhor Maya.

Duas vítimas do nosso conhecimento.

Dona Luísa da Cruz Lopes foi uma senhora prestante; o governo deve-lhe muitos serviços.

Morando ela nas margens do Zambeze, era ela protectora de quantos forasteiros, negociantes, viageiros, que buscavam o Zambeze.

Era na sua casa que o viajante, pobre ou rico, depois de muitos dias de afanosa[133] viagem, se encontrava para descansar. Era tratado confortavelmente por ela, e saía cheio de sincera gratidão.

Ali, nós que traçamos estas linhas, nos encontramos com o Senhor António Mara Barreiros, que ia governar Tete.

Dois dias demorados ali, recebemos de aquela excelente senhora, que a terra seja leve, os mais altos favores, e saímos, para continuar a nossa viagem cheios de gratidão.

Como nós, outros.

O senhor Castilho pode julgar-se como quiser, mas o que é certo é que está muito aquém de ser útil à humanidade como o foi esta senhora.

E foi esta a quem o senhor Castilho, moralmente, acaba de assassinar.

Estamos coligindo documentos e voltaremos em breve a falar deste assunto.

---

[133] Dificultosa, trabalhosa.

Mal informado

O distrito n.º 23 de Lourenço Marques informando o falecimento de D. Luísa da Cruz Lopes, diz:
"Faleceu na Cadeia Civil de Quelimane a tão célebre D. Luíza do Goengue, e que nós noticiamos ter sido presa por ser implicada nas questões havidas com os Bongas. Os colonos de Goengue pediram para que o prazo revertesse para o governo, pois se continuasse em poder da falecida lhes fariam pagar com a cabeça a adesão."

O jornal Gazeta do Sul a seguir esclarece: "Isto consta em Lourenço Marques e não aqui.

D. Luíza, com efeito faleceu na Cadeia Civil, onde tinha sido lançada sem culpa. D. Luíza, ninguém o ignora, há muito não tinha relações algumas com gente de Massangano. O prazo do Goengue há muito que é do governo e simplesmente arrendado por D. Luíza; nem os gentios pediram cousa alguma, pelo contrário lastimam a morte daquela que eles adoravam porque os tratou sempre bem. Hoje persuadem aqueles gentios, que a sua patroa foi morta pelo governo; e certamente mais cedo ou mais tarde eles não deixarão de pensar vingar-se da sua morte. Oxalá sejamos maus profetas.

D. Luísa em tempos foi presa e mandada para Moçambique (Ilha), onde não se lhe encontrou culpa e foi logo posta em liberdade. No entanto, os mesmos gentios prenderam Arthur Coimbra, até que lhes soltasse a sua patroa.

D. Luíza será célebre, porque fora prestante em sua vida.
Foi presa, mas os habitantes de Quelimane pronunciaram-se contra a aleivosia.
Ela aqui não podia estar implicada com os Bongas. E depois se os gentios estavam aderidos ao governo, como ela, mulher, única, podia dar reforço aos Bongas?
Falsas informações".

Excerto de um abaixo assinado de cento e setenta e cinco principais habitantes, devidamente reconhecidos, da vila de Quelimane, dirigido ao Ilmo. Exmo. Senhor Conselheiro do Governador da província de Moçambique.

(...). Os subscritores desta petição no dia dez do corrente mês foram surpreendidos pela notícia de ter sido presa a D. Luíza da Cruz Lopes, por constar, se dizer, se arguir, ter a mesma fornecido pólvora e mantimentos a Motontora, sucessor de Chatara, e a sua gente. Estas acusações caem se atender os relevantes serviços prestados por D. Luíza ao governo, particulares, comerciantes, viageiros, funcionários públicos, civis e militares, desde 1867 em que era casada com Belchior do Nascimento, em que pela primeira vez se tornou rebelde ao governo o irmão Bonga.
(...).

D. Luíza Michaela da Cruz Lopes, que desde 1885 reside com o seu marido em Quelimane e agora quando foi presa em Mopeia seguia para Sena e de lá talvez para Goengue, para conseguir tirar as armas aos pretos que se recusaram a seguir a última expedição e se por sua ordem aquela gente de Goengue prendeu e apresentou a V. Excia o Chiuta que se supõe coligado com Motontora, como podia D. Luíza socorrer Motontora e a sua gente, porque se diz irmão dela?

(...).

Motontora e Chiuta não são irmãos da D. Luísa. O único rebelde seu irmão era António Vicente da Cruz, vulgo Bonga.

Conhece-se muito bem dos importantes serviços e as nossas assinaturas garantem que foram muitas as provas que ela sempre deu desde 1867, de ser fiel ao governo português.

Não pode quem tanto tem feito em prol da pátria e que tantos auxílios tem prestado o descambar agora ao fim de vinte e um anos e de quando deixou a Zambézia e para se domiciliar em Quelimane ser traidora ao governo.

Quelimane, 12 de Fevereiro de 1889

PS: "Dona Luíza já não pertence ao mundo dos vivos e o seu marido António Lopes quer reabilitar a sua memória, dessa mártir da dedicação."

18

—Meus homens, estou nos meus derradeiros dias — moribunda diante de um espelho, assim disse Dona Luíza perante o punhado de maridos que a rodeavam, incluindo os fugitivos ora retornados, que se acotovelavam, no leito da agonia, no último dia da sua vida, em que de repente tudo parou, para dar espaço a um discurso ambíguo, algo melancólico, da parte dela.

Fez uma pausa. Olhou para a aranha que tecia uma teia no tecto, depois continuou:

— Antes que eu feche definitivamente estes olhos com olheiras fundas, ao abismo profundo que anunciará a minha morte, fiquem sabendo: Estais aqui porque me mereceis, como eu vos mereço a vós. Fomos tão perfeitos para nos termos merecido e vivido, senão a estrada do amor que nos uniu não teria sido emersa, nem teria sido bela, para aqui chegarmos.

Com o lençol enterrado até ao queixo, fixou os presentes com os olhos, após o que prosseguiu como quem se lança de golpe para vencer a morte:

— O meu encontro com Belchior marcou um atalho, uma estrada pioneira do que seria o meu primeiro homem. Até então, o amor que em mim parecia poeira, não era mais nada do que uma substância leve. Pois eu ignorava o que era um homem na vida de uma mulher. A primeira saliva que se recebe num beijo de um homem, como uma cobra, envenena o sangue e o coração de uma mulher, para todo o sempre. Foi a ruptura da minha puberdade. Por essas alturas, eu gostava de ouvir o *n'goma*, no *luane* dos meus pais.

Dona Luísa afrouxou a intensidade do seu discurso, para vaguear no tecto, como se buscasse palavras que lhe escasseavam. Fixou a aranha e a teia, algo como se o pai ali estivesse a ouvi-la. Logo o seu rosto iluminou-se de recordações:

— Num dia chegou o Belchior e começou a dançar *n'goma*, ao ritmo e no compasso similar ao dos gentios. Semi-cafre, rosto como o de um mouro, pele curtida pelo clima, azagaia em mãos e em riste, saia de palmeira colada às ancas, imitava a genica[134] dos negros que me acostumei a ver dançar. E aí entre as adolescentes virgens, de ventre e rostos tatuados, mexia-se com o corpo, com a cintura, umbigo e ventre, como quem voasse do chão, em movimentos vibratórios, como uma alada ave navegante, como uma montanha agitando-se em volúpia pelos ares, uma nuvem assustada pelos temerosos golpes dos pés. Naqueles tempos, eu era uma ilha de mulher, rígida e ainda mais altiva do que me conhecem hoje. Posso garantir-vos que Belchior tocou a parte mais sensível da constelação do meu ser que se liquefez. Eu não ouvi mais do que a voz da minha paixão.

Essa recordação deixou-a toda empolgada. Agora ela se exasperava, como se o tempo tivesse

---
134 Energia, entusiasmo, tenacidade.

regredido até à sua adolescência. Deteve-se um pouco, mas logo elucidou:

— O meu coração derreteu-se como manteiga e compadeceu-se qual mel, que a correr pelos sulcos, trazia um amor que mudou o meu ser para todo o sempre.

Agora os seus olhos brilhavam como estrelas:

— Eu disse-lhe assim: um reinol a dançar *n'goma*, então esse há-de ser o meu príncipe.

— Ele falou-me assim: far-te-ei Rainha do Goengue!

Dona Luíza contou que os seus olhos remexeram-se, como se estivesse prestes a desmaiar. Sentiu o ar faltar-lhe. Sonhava.

— Se eu for a Rainha de um reinol então tu serás o Rei do Guengue.

Os demais se alucinavam a ouvi-la. Cheia de vitalidade nas palavras. Contou-lhe que tudo aquilo parecia um sonho, uma ilusão.

— Que faço para ti minha Rainha, para te fazer feliz por todo o sempre?

— Casemos. Quero ter uma grande casa. Que enchas a casa de filhos: dez, vinte, trinta. Que todos eles nos chamem pai e mãe. Que encham a casa de berros e desordem!

— Há-de ser como queiras!

— Se ele for varão, por-lhe-emos o nome Nicolau, como o meu avô.

Sem corar, ela contou que naquela noite não dormiu, a pensar no que seria aquilo. Ela vestida de véu e grinalda, a entrar no registo civil, pela mão do noivo reinol. O padre abençoando-os. O pai e a mãe orgulhosos. Convidados de honra como o amigo do pai António Vicente Collaço e da esposa Dona Balbina.

Embora parecesse estranha a sua afeicção por este casal, conforme ela, sempre os admirou. O Collaço, herdeiro da viúva Dona Balbina, de quem começou por ser procurador, que lhe foi arrastando a asa, aproximando-se até chegar às intimidades. Mas Collaço, que era ingénuo, não sabia o que tinha provocado. Casaram-se. Foi só o Nhaúde convidá-lo a Massangano. Aqui, Collaço passara três dias. Em Tete, Dona Balbina, furibunda até à alucinação, imaginando que por àquela altura o anfitrião patrocinara o esposo com amantes. Vingativa e ciumenta foi à praia de Tete. Incendiou o escaler do Nhaúde. Este jurou pelos céus que o prejuízo seria suportado por um comerciante de Tete, que passasse pelo Zambeze. O comandante militar de Tete mandou chamar o Nhaúde, por um alferes, genro de Dona Balbina. Nhaúde primeiro mandou-o pilar milho no pilão, um vaso cónico de madeira. Depois desse castigo libertou-o. O alferes transmitiu a mensagem ao chefe. Isso ocorreu em 1850. Massangano foi fundado em 1844. Desde aquele ano em diante, Massangano só teve períodos curtos de pacificação. E nem os potenciais convidados de honra assistiram à boda.

Dona Luíza desculpou-se por ter divagado em demasia, mas logo recuperou o fio à meada, para dissecar sobre os motivos que estiveram na origem daquele casamento aparentemente estranho com Belchior:

— A decisão do Belchior, de logo partir para a frente, é apanágio dos homens valentes que sempre me pretenderam em casamento, mas não os podia ter por causa da conveniência, que como a uma mulher da minha estirpe me obrigavam a juntar-me a um reinol. Belchior tinha feições negras, mouras, no corpo de um branco. E parecia que a genética errara. O nariz era esparso. As mãos escuras como as dos meus escravos, aos quais sujeitei de sol a sol a apanharem algodão, de dorsos nus e curvados sobre a cintura. Casei-me com ele, porque sempre imaginei um homem como ele a lidar com a gente comum do Goengue. Com aquelas características e aquela mansidão, logo pensei que daria um bom capitão-mor.

Entretanto, ela mudou radicalmente o espírito da sua alocução.[135] Falou assim, entre o assombro e o espanto dos que a escutavam:

— Sabem porque me apaixonei por Fazbem?

A atmosfera da sala de assistência ficou gelada. Não esperou pela resposta: — A cozinha sempre foi a minha paixão. Mas como nunca soube cozinhar, como cozinheiro sempre admirei o Fazbem. Admirava-o por tudo o que fazia,

---

[135] Discurso breve pronunciado em ocasião solene.

porque nunca fui capaz de fazer coisas tão simples que ele fazia com as mãos.
— Então um dia, ao observá-lo, disse assim: que mãos tão delicadas! E tão tenazes! O meu Rei não tem essas mãos! Vou experimentá--las! Experimentei-as uma vez e nunca mais as abandonei, pois o amor é como provar comida boa da panela; vicia-nos.
Os presentes contemplavam-na com os olhos petrificados. Não parou com a sua ladainha:
— Uma mulher que não se deixa apaixonar, cair nas teias, tem uma razão: é porque foge dos seus medos. Para fugir dos medos é só deixar de se encarar ao espelho. A princípio parecia que eu tinha nojo do Fazbem, mas fui ver que tinha um drama interior: esqueci o espelho e deixei o meu coração bailar, vibrar, na dança da minha alma, no tambor da minha loucura. Estava apaixonada e quem se apaixona nunca se engana, sabe sintonizar perfeitamente o som da música com o do coração. Errar no sentimento do coração é nunca experimentar tocar o fogo das mãos que nos mexem com aquela vibração mágica que salta do fundo de nós, como se a música acordasse de dentro do nosso âmago.
Ela sorriu e disse assim:
— Um coração apaixonado inventa doenças, inventa mentiras para criar oportunidades. A minha doença estava na paixão, mas eu disse ao Fazbem que dormira mal; sentia um torcicolo nos ombros e pescoço. Ele me disse que é a doença normal dos escravos que dormem no chão

duro da esteira, sem almofada. Pedi-lhe licença, para que me fizesse tal como o faria a um amigo ou às amas quando sofrem de dores semelhantes. Ele pôs as mãos no meu pescoço e pressionou-o. Os meus sentidos acordaram. Que maravilha! Foi uma beleza! Na mão de um cozinheiro também se acumula a profissão do médico!

Ao outro dia, contou ela, depois de terem experimentado o pecado original, supostamente o que não deviam nunca ter experimentado, o Fazbem perguntou à senhora se aquilo não era uma traição. Dona Luíza lhe disse assim:

— Chamas-me implicitamente traidora porque julgas que há nisto uma desonra. No amor não há isso, há uma inversão continua de sujeitos. Eu passo a tua escrava e tu a meu amo, e vice-versa, num jogo sedutor, sem fim; sem haver nunca vencedor nem perdedor.

Ela contou ainda que Fazbem se assomou dela, com o seu peito levantado, os ombros largos e as mãos rijas, calosas, ainda assim limpas por dentro e por fora. Abraçou-a.

— Foi então que pensei: a natureza tinha-o esculpido maravilhosamente bem. Há uma coisa que desperta o amor; só uma coisa: o toque que nos põe maravilhados ao sentirmos o belo que há no outro, nem que os demais o vejam senão a aberração.

— Fazbem perguntou-me assim: Onde aprendeste a ver a beleza, uma vez que nascente aqui neste mato seco?

— Eu respondi-lhe: Só quem se assombra pode sentir a beleza do amor, das coisas. Aprendi a ver a beleza neste mato seco, nas cachoeiras abandonadas, na vida ao limite, no medo e no terror.
 — Ele perguntou-me: porque queres o meu amor se podes sentir a plenitude em outras coisas?
 — Eu respondi-lhe: nem sempre se alcança a plenitude nas coisas tangíveis e aos nossos olhos. Por exemplo, o fogo, o ar, a terra e a água são mais intensos quando os tocamos, quando ultrapassamos as fronteiras do medo ao que nos é permitido tocarmos pelas digitais das mãos.

 A agonia é a fase em que se veem as coisas com maior lucidez. Dona Luíza não só as via, como as dizia, incrivelmente, o que não se pensaria que lhe ocorresse dentro da sua alma, vingativa e desordeira como algumas das personagens das suas relações de afinidade e parentesco.
 Seria aquilo falso ou verdadeiro? Seria aquilo uma forma de oportunismo para deixar uma redentora impressão, quando se passasse para o outro mundo? Parecia ter preparado antes e minuciosamente aquele emaranhado de palavras. Para quem como ela, que não tinha estudos, proferir aquelas sentenças, só poderia ser genial. Será que o era?
 — Sabem porque me refugiei nas mãos delicadas do Vilas Boas? — perguntou Dona Luíza.

Perante acabrunhado silêncio, investiu:
— Ora, mulher que é mulher quer sentir não só a delicadeza de umas mãos masculinas, mas a faculdade do que elas poderão oferecer, de diferente. O que um oleiro oferece de carinho, nunca será o mesmo de um ourives. Em miúda, os meus olhos sempre olharam deslumbrados os ourives e os oleiros, a habilidade com que ralando me pareciam simplesmente investir as matérias de carícias, de amor. E perguntei-me sempre: meu Deus! Que beleza! Já viste tu que artesanato se pode moldar com simples matéria viva? E porque não transformaria eu o meu corpo tão luxuriante naquela matéria? Diziam que o meu corpo parecia um jasmim suspenso no jardim da Babilónia, de um cordeiro sem pecado. Um Éden com flores espinhosas. E foi então que sabendo da estadia em Goengue do jardineiro Andrade, convidei-o a aparar as ervas do jardim da minha *aringa*, que deixei prolongar pelo meu corpo. Ah! Alguma vez a arte de um jardineiro foge tanto da do oleiro ou ourives? No meu jardim já tive flores, brincos-de-rainha, brincos-de-princesa. Então já a natureza mas tinha dado. Eu queria era ser brinco-de-oiro de um jardineiro. Tinha-as, as mãos do Andrade! Para oleiro escolhi Aranda, um construtor de casas que poderia fazer de mim o barro, tijolos, vasos, seja lá o que ele entendesse. Podia fazer-me viver o idílio, levar-me a ver fantasias onde as não havia, cores onde as não havia. Que curioso! Desses mestres de mãos engenhosas aprendi

que o corpo de uma mulher não é nunca uma matéria acabada; há arestas na minha pele que precisavam de ser polidas, texturas que precisavam de ser acabadas. Eles trataram disso como um ofício, cuidaram desse trabalho como quem cuida da burocracia, papel por papel, palavra por palavra, processo por processo, empilham emoções, cada uma a seu canto. Cada uma no seu lugar, por isso, em minha vida, cada homem tem o seu espaço reservado. Pobre ou não, o seu lugar de respeito.

Não há pior coisa do que quando um agoniado acredita que cansa os vivos quando os põe horas a fio a escutá-lo. Transformando-os em moribundos, sem o poderem dizer, para o não magoarem. Ela olhou para a teia e viu que a aranha adormecera.

— Meus homens, canso-vos? — perguntou ela, como pressentido algum mal-estar, alguma sonolência nos olhos dos assistentes, pois o seu monólogo há muito virara um espectáculo de teatro. Aliás, nada diferente do que qualquer moribundo faria e ainda assim recebendo palavras de encorajamento da plateia.

— Não, jamais penses assim! Afinal estes momentos jamais serão vividos, depois da tua morte. Continua!

Ela disse assim: — Daqui a pouco isso acaba! Fecharei os olhos e não terão mais chatices de me aturarem! Aonde ía eu?

Os outros tentando abreviar:

— Ias a falar do médico Pinto.

— Adivinharam os meus pensamentos. Pois sim. Também sempre me vi uma roceira. Uma mulher rude, a carecer algo de uma máquina de polir; uma mulher libertina, inacabada no temperamento, só pode merecer alguém que a possa generosamente polir. Um médico de carreira é ideal para dar forma a qualquer que seja a mulher, e vice-versa. Eu encontrei o meu médico, que trabalhou as reentrâncias e saliências que meus olhos de mim mesma ignoravam ou desconheciam e a mim própria me vi pronta para me relacionar da mesma forma com os meus homens.

Pediu um copo com água. Bebeu-o de um só trago. Conferiu se a aranha acordara, mas esta já ressonava. Desabafou:

— Vão pensar que estou louca. Mas quando alguém está quase a morrer tem esses acessos de loucura, essa sensibilidade intangível ao homem comum. Quando eu já tiver morrido e passarem por isso, não se esqueçam de mo confirmarem. Está bem?

— Não esqueceremos, não. Contaremos-te tudinho! — responderam os demais em uníssono.

Perguntou cá dentro de si, para os seus botões, porque será que a aranha tinha adormecido. Talvez houvesse nisso uma frustração da sua parte. Colocou o copo na cabeceira, após o que se lembrou de algo, como se há muito lhe tivesse escapado:

— Ah, meus homens, só para rematar! E logo fecho os olhos e isso acaba de uma vez para sempre: aturar uma agónica deve ser chato. Não me queria ver na vossa pele!

— Aqui estamos por nossa livre e espontânea vontade! — disse o Lopes, corroborado pelos demais. Ela volveu, pensando que com isso não quisesse estragar o sagrado sono da aranha:
— Para rematar. Remate de todos os rematetes. Não falarei mais. Preciso dos vossos ouvidos. Isto é, para dizer a última coisa, e daqui ir direitinho para a cova!
— Somos todos ouvidos! — atalhou uma vez mais o Lopes.
— Quando um moribundo começa a falhar a memória é porque está prestes a fechar os olhos e a bater as botas!
Franziu os olhos e para criar um pouco de dor, mal-estar na plateia, remexeu-os, simulando o último suspiro. Imploraram-lhe:
— Por amor de Deus, não vais fechar agora os olhos, Dona Luíza.
— Os olhos do Lopes podem ter sido também os de um engenheiro.
Fez um longo suspense. Alguns na plateia já vertiam chuva pelos olhos:
— Era dos olhos do Lopes que queria falar. São olhos que me decifraram os segredos, os códigos ocultos do meu corpo, de tão demoradas e difíceis que são na reacção. Admiro um homem assim, susceptível de despertar as reacções mais ocultas numa mulher, por mais introvertida que ela seja, por mais retintina e reincidente que ela seja a escondê-las no seu âmago.
Os moribundos também são caprichosos. Dona Luíza não seria uma excepção. Não lhe perguntaram se tinha amado, de tão dividida

que estava. Mas como que adivinhando que pairava essa dúvida, respondeu:

— Amei à minha maneira. Nada me impeça de dizer-vos: Amar é dizer tudo, nem mesmo que doa; é cuidar o lado que mais fizemos sangrar; se preciso for, cobrir a ferida antes que as moscas a cavem, para que não seja uma dor infernal e eterna. De qualquer forma, esse é o meu acto de contrição. Se a algumas pessoas não enumerei, nesta vasta lista, é porque não me mereceram. Calo-me: o relógio da morte há muito gira a meu desfavor.

Quando ela acabou de falar olhou para os rostos dos demais presentes e viu como os mesmos, de baba nos transversos dos lábios, coravam de vergonha. O que ela jamais sentiu, até ao dia em que desceu ao chão da cova. Nem mesmo quando se despia perante os homens, que se fascinavam com as suas *macobwas*, uma espécie de colar de cintura, com amuletos e missangas, com que se protegia do mau olhado e os incitava à libido, numa ausência de decoro que era apanágio das damas cafreais.

Depois de vaguear por esta vasta dissertação, esticou o corpo, colocou as mãos por cima do abdómen. Horas depois, quando a aranha despertou esfomeada, impotente para ajudá-la, lançou o último suspiro.

19

Era aparente que na cronologia que se arrastou até à prisão e subsequente morte da Dona Luíza havia um ónus: a retirada dela do Goengue, de onde trazia a história dos oito maridos, de um dos quais, como ficou dito, mandara envenenar, quando dela quis separar-
-se, ou melhor, fugir. Os colonos de Goengue, que a não conseguiram excomungar, cerraram fileiras contra ela, e no que é elucidativo, vedaram-lhe o acesso à sua *aringa*, expondo os bens que lá haviam à cobiça dos amigos do alheio. Achando-se ela ainda em vida, António Lopes tentou, em vão, regatear o espólio por meio de um seu mandatário negro, a quem os colonos ameaçaram pôr no rio com uma pedra atada ao pescoço e deixá-lo lá pelo resto da vida, às goelas dos crocodilos. Perder-se-ia a fortuna? O grosso dos viúvos acreditava que havia naquele destino fatal a mão do comandante militar do Goengue. O que tinha a marca de rancoroso e ciumento: Castro, a quem os malvados Bongas mataram desapiedadamente juntamente com o filho recém-nascido e a esposa.

———o———o———o———

No último ano do século XIX, nas terras dos Rios de Sena, mais à esquerda, o potentado dos Cruzes sofrera já a sua derrocada, como o mais temível Estado Militar daquela que era a província ultramarina de Moçambique. Pela metrópole correu a notícia, e também agora emergiu o nome daquela ostentosa Dona, detentora de milhares de vassalos, de escravos, de sipaios e de preciosidades, como o ouro e o marfim, que deixavam a desejar a fortuna de muitos ricos da metrópole. Era sobre ela que se comentava nos serões de famílias nobres, das burguesias lisboeta e brasileira. Ao seu prestígio político e social sobrevinha ainda o facto de ter casado com reinóis e mantido concubinos intra-paredes da sua casa, e daqui pelas senzalas que delimitavam as fronteiras do seu prazo, cuja amplitude era de oito dias e oito noites de carro. A forma como ela fazia a aquisição de novos esposos nunca deixará de ser comentada e, ademais, num ciclo que se mantém no lugar onde esteve o seu potentado e cujas memórias se prolongam até aos dias de hoje. Enquanto os reinóis com ela casados sofriam o vexame e o desprezo dos patrícios, para Dona Luíza os casamentos tinham como alvo demonstrar o seu lado varonil. Em contraposição, para os reinóis desejosos de enricar, tirando a grande honra que lhes fazia poderem desfrutar da mais bela Mulher do Grande Rio como esposa, como concubina e tutora dos seus interesses comerciais, não passaria de um simulacro. Não me centrei a falar da vida que levava a generalidade daqueles homens ao lado dela. Todavia, discorri sobre o "brinquedo" que foi o principal marido dela, e sobre o António Lopes, o cônjuge que a acompanhou no exílio para Quelimane.

Nos finais de 1888, à beira da expedição portuguesa ser esmagada por Massangano, correu pelos Rios de Sena que o prazo de Sungo era conivente com os Cruzes rebeldes, e que Dona Luíza, apesar da sua poderosa força, se recusou a enfrentar Sungo, num antagonismo à coroa portuguesa. Sungo não dispunha de forças capazes de enfrentar Goengue. Mesmo assim, Goengue não cedeu à pressão da coroa para atacar o seu homólogo, como o fazia amiudadas vezes, quando a monarquia o pressionava para imprimir o dedo do gatilho e este automaticamente o fazia, numa obediência a princípio cega.

Tendo vindo, posteriormente, para o teatro das operações, forças do distrito de Tete, sob o comando do governador do mesmo distrito, dos capitães-mores da vila de Tete e de Chicôa e de outros moradores, as quais ocuparam, a princípio, a margem esquerda e ponta do Luenha e um ponto fronteiriço na base da serra Macherica, vindo depois ocupar o Catondo na margem direita do Luenha, não longe da antiga *aringa* rebelde, e um ponto do prazo Inhangoma, na margem esquerda do Zambeze, mesmo em frente à dita *aringa* do Sungo, onde foi instalada uma peça raiada de bronze, que fez uma terrível destruição. Reconhecendo-se depois que o rebelde Gunde, da sua antiga posição na *aringa* Inhamapacaça, à entrada da Lupata, estava estorvando insolentemente a navegação fluvial, fazendo fogo sobre as embarcações que passavam, como sucedeu a uma almadia que tentava trazer o correio de Massangano para Castilho, e como também aconteceu ao tenente coronel Paiva de Andrada quando buscava descer o rio em primeiro de Setembro de 1888, de que resultou o naufrágio em que esse oficial perdeu artigos valiosos e em que ele próprio ia perecendo; e tendo, como já se disse, este criminoso procedimento da parte da gente do Sungo, conivente com a de Massangano, a quem por vezes abasteceu de mantimentos e munições, determinado pelos meados de Outubro, a necessidade de policiar cuidadosamente a margem direita do Zambeze, com incidência entre Tinta e Nhamarongo, nas praias de Marura e Inhaquase, onde o inimigo atravessava de preferência o rio, oferecendo-se para a execução deste serviço o doutor juiz de direito da comarca de Tete, que com uma expedição de trezentos voluntários foi ocupar um ponto importante no lugar denominado Timba, na Lupata, pouco a montante do rio Fize e não longe da ilha de Moçambique, nome dado a uma das ilhas ribeirinhas do Sungo, e da povoação do referido Gunde.

Tendo esta expedição sido policiada activa e eficazmente desde o circunvizinho Goengue, não foi sem senão que se apertou o cerco aos inimigos da margem fronteiriça, interceptando-os quando na passagem limítrofe levavam munições de guerra; os *cafres* do lado insurgente, à sua fuga, foram vedados e impedidos de transitar o Rio pelo lado onde decorria a batalha; se quisessem circular tinham à disposição as áreas do interior; ora, esta estratégia resultaria em muitas dezenas de baixas, com consideráveis números de prisioneiros do lado atacante; e aí nesta trabalhosa campanha, em que se empenharam os distritos de Tete, Manica e Quilimane, e se encontraram em acção vários elementos heterogéneos de combate a que se tornou conveniente dar unidade, fazendo-se concorrer unânimes e com entusiasmo para o bom resultado final que com mais dificuldade se obteria sem uma direcção superior e única, conseguindo que as linhas de comunicação entre os pontos pelos portugueses ocupados, se mantivessem sempre abertas ao livre trânsito dos correios e comboios de munições, e principalmente de mantimentos, que tinham de ser transportados às vezes de oito e dez dias de marcha, e cuja grande escassez ocasionou graves preocupações nos últimos tempos, e quase ia comprometendo a empreitada que se prolongou para além do previsto.

    Na correspondência que Augusto de Castilho me dirigiu, além dos factos acima descritos, da queda do Massangano, ele falava das suas repetidas visitas aos diferentes acampamentos assistindo a muitos destes sucessos e avaliado bem as circunstâncias especiais de cada um deles, as dificuldades que os cercavam e muitas vezes a falta de recursos convenientes para a realização dos planos a executar.

Castilho escreveu-me com eufórico entusiasmo, e relatava vivamente emocionado ter também presenciado o ataque à serra Bacampemb pelas forças de Manica e Tete, na madrugada de 27 de novembro de 1888, onde ele observou os que mais se distinguiram, e a tomada definitiva, na manhã de 2 do mesmo mês, da *aringa* do Motontora, na qual entrando com as forças assaltantes, encontrou ele, a par de considerável número de moribundos de ambos os sexos e de todas as idades, muitas dezenas de cadáveres derrubados pela metralha da artilharia, pelo fogo das "nossas espingardas" — assim sublinhara no seu orgulho patriótico, pelas machadinhas e zagaias, pelas doenças, pela fome e pela sede.

Nesse solarengo dia, Castilho relatou-me ter tomado posse da mesma *aringa* e aí ter hasteado, junto às casas arruinadas que foram do velho Bonga, "a gloriosa bandeira nacional". Este símbolo guiara-os por muitos anos, nas batalhas. Cheios de jubilo, a bandeira foi calorosamente saudada por todos os presentes que denotadamente se haviam esforçado para que nesse ponto ela fosse implantada e para a verem por uma vez lavada da mancha que há tantos anos obscurecia o seu brilho e diminuía consideravelmente o seu prestigio na Zambézia.

Em seguida, sob o efeito contagioso da alegria, e vertendo de dor, Castilho confessou-me ter-se vingado das repetidas derrotas das expedições militares a Massangano, e para tanto prendido Dona Luíza. O oficial português deu então ordem ao seu séquito, numa altura em que se dizia Dona Luíza moradora de Quelimane, andava em suas núpcias com António Lopes, nos últimos tempos o eleito entre os seus homens. Coincidência ou não, o comandante de Goengue, autor dos relatos sobre ela e baseados nas fontes anónimas dos colonos coscuvilheiros[136] do lugar, fora quem pusera a cereja no relatório do Castilho, culminando com o mandado de captura e prisão, a que se seguiria a morte. Recordou-me dos acontecimentos anteriores à sua viagem derradeira a Quelimane. Feitas as suas poucas bagagens, Dona Luíza lá seguiu na canhoneira Tete, que a esperava ao largo do Zambeze, perante o público de portugueses ensimesmados, aos magotes.[137] Estes a apupavam, chamando-lhe traidora, Judas Iscariotes, entre outros dos mais obscenos nomes, alguns dos quais feriam os ouvidos e a moral dos puritanos, antes de a transportarem até à cidade do Rio dos Bons Sinais.

O pior da morte não é como se morre, nem como se chora. O pior na morte não são as lágrimas, mas a hipocrisia que elas contêm.

Mal a notícia da morte de Dona Luíza foi dada aos viúvos, estes arrumaram às pressas o conselho da "família Belchior", que contou com a presença apenas dos maridos (obviamente,

---

136 Indivíduo que faz intriga, mexerico.
137 Ajuntamento de pessoas ou coisas; bando, multidão.

como "bons amigos" que eramos, eu auto-excluí--me), agregados à falecida. Apesar de ela contar com procedências em linha recta, colaterais e parentelas, estes não foram chamados, por razões que se ignora de todo. A grande expectativa era a da abertura do testamento, mas não o havia. Pelos vistos, Dona Luíza quis obsequiar os viúvos com um quebra-cabeça. Numa aparição breve, na casa do "viúvo" Lopes, onde aqueles se concentravam, o director da cadeia de Quelimane, Bonifácio Novo, entregou ao conselho da família um envelope, que continha uma gatafunhada carta do punho da Dona Luíza, em que nomeava António Lopes fiel depositário dos seus bens. Junto à carta constavam sessenta laudas do inventário dos pertences dela, que, de forma tortuosa, Lopes levou três horas a ler, sujeitando-nos a prostrar-nos de pé, e com aquele calor húmido, a enfrentarmos a falta de azoto,[138] indispensável às funções respiratórias, além das impiedosas anófeles. Arrolavam-se: incontáveis panos em lençóis e fronhas, incontáveis fios de ouro, pérolas e diademas do oriente, veludos de cores carmesim e azul, cadeiras e mesas maciças de panga-panga, estantes altas de pau-preto, onde se amontoavam livros, doze santos apóstolos talhados em mármore. Acrescentavam-se, ainda, cinquenta biombos japoneses molhados em ouro, dois relógios de cuco, uma tonelada de chifres de elefante, cinquenta quilos de pele de zebra, quinhentos quilos de pele de crocodi-

---

[138] Nitrogênio.

lo, duzentas cadeiras de palheira entrelaçada. Quanto à louça, havia trezentos pratos lavados em ouro, seiscentos talheres em ouro maciço, cinquenta bacias e igual número de sentinas de lavabos molhados em ouro, quinhentas chávena de café e de chá, panelas, frigideiras, saleiros. Havia também cinquenta cinzeiros de ouro, mil raras conchas do mar, cem tapetes persas, oito cajados de Goa, mil antigas moedas árabes de prata achadas no mar. A leitura tinha um ir e um vir, um emaranhado parecido com a sopa arrazoada, de perder a conta, em objectos de adorno de uso pessoal da falecida, em jóias, em pulseiras, em brincos, em anéis, uma montanha do tamanho do Kilimanjaro em calçados, em chinelas, em vestidos e em roupa interior, em vasos Ming e de flores. Lopes, pessoa amável, transpirava pelos sovacos e pelo ânus, mas ainda assim prosseguia com a enumeração: cortinados, vestidos de grinalda usados em seus múltiplos casamentos, cómodas, cristaleiras, pentes toldados em prata e em ouro, ganchos de cabelo em ouro, colchões e camas marchetadas a ouro, quarenta armas de caça, incontáveis armas e pistolas de fogo, mobílias compradas na Índia, guardanapos de tecidos, jarras, terrinas, bules, chaleiras, bordados de luxo, colchas tricotadas, bolsas e carteiras, porta-moedas, aves, animais de estimação como papagaios e um cavalo branco como o de Napoleão.

    Era o fim da citação e algo suficiente para despertar as vespas. Quem é que herdava? Todos reclamavam a herança. Diziam-se herdeiros legatários e legítimos. Houve um silêncio. Uma pausa.

— Dona Luíza nomeou-me fiel depositário, o que significa que a mim me lega a universalidade dos bens acima rolados — Lopes quebrou imediatamente o gelo. Depois colocou sobre a mesa uma ideia revolucionária: — Vou fazer da Casa-grande um museu.

— Um museu até que serviria a história, mas a questão é que Goengue fica nos Cus de Judas, numa pacata e miserável vila, não vemos o que isso nos possa render em dinheiro — contrapôs desesperado o "Dezanove e Meio".

— Concordo — corroborou Vilas Boas, mostrando uma face desgostosa com os olhos vermelhos.

— De facto, em Goengue ninguém haveria de se interessar pela importância museológica da herança da falecida, que tanta ira causou ao Padre Monclaio, antes deste solicitar mudança para Lourenço Marques.

— Mas há o comandante Castro, que pelos vistos é um homem culto. Portanto, um poeta — afirmou Aranda.

— Um desconseguido e incompetente poeta, sim, pois não foi capaz de atrair o coração da falecida para si — atalhou Vilas Boas.

— Não é que ele não pudesse. O coração de Dona Luíza andava bastante ocupado com expedientes de dentro da casa, com amores dos seus maridos, que deste modo não havia espaço para os de fora — objectou Pinto.

— Senhor Castro, que Deus o tenha! Se é que o museu não serve para Goengue, vamos transportar a Casa-grande para Quelimane — condescendeu Lopes.

— Já viram o que é mover aquele monstro, mover aqueles pilares e vigas de mármore, de lá onde está, mais de quinhentos quilómetros, até aqui? — perguntou Aranda, sem deixar de triturar a ponta dos bigodes.

Os demais mostraram-se perplexos.

— Dona Luíza tem seus escravos, pelos vistos, sem alforria, ainda se contam como dela. Deles ainda podemos fazer uso.

— Que ideia mais besta, Lopes, carregar um imóvel daqueles de Goengue até aqui! — na sua boa-fé protestou "Dezanove e Meio", avivado pelo consumo de álcool e sem conseguir convencer São Francisco Xavier a intervir em seu socorro.

Belchior acabava de chegar há momentos ao lugar. Encontrou o debate ainda aberto. Primeiro manifestou a sua consternação, num gesto que o levou a apertar as mãos a cada um dos membros daquele conselho de família. Depois, lançou um dardo afiadíssimo contra os demais:

— O que lhes posso dizer é que, na qualidade de primeiro esposo, tenho direito à universalidade de todos os bens.

Levantou-se uma celeuma dos saloios. Os demais acusaram Lopes de pretender movimentar a casa para Quelimane, em função dos interesses comerciais que ele ali tinha. Ao "Toalha" ou "Brinquedo da Dona Luísa" acusaram-no de ser um ausente, sem nenhum direito. Um tanto ou quanto seguro, Lopes insistiu com as suas ideias progressistas:

— Há que respeitar! Um museu é um museu. Uma pertença da humanidade.

— Mas nós não nos tornamos maridos de Dona Luíza, para legarmos a sua herança à humanidade — mandando o Lopes à fava foi essa a opinião unânime do quarteto.

A divergência estava longe de cessar. Naquela madrugada, chamado a derimir o conflito, interveio o advogado de provisão Carlos Costumado, que deixou claro que o estatuto de Lopes era apenas comparável ao de um guarda com a chave do armazém, que por tal estava vedado de cometer liberalidades como as que ele propunha. E mais sustentou Costumado que, na briga dos que reclamavam o título de maridos, Belchior o era de facto e de direito, pois com a falecida o ligava um casamento em primeiras núpcias, não dissolvido. O único confirmado e documentado que Dona Luíza celebrou em vida. Às vezes, disse ele, coisas dessas, não são assumidas como naturais. Custa aceitar. Decerto era uma questão de dinheiro, que não havia para acomodar as vontades das susceptibilidades órfãs, caídas no ridículo, depois de terem feito deslumbrar Goengue. Acrescentou ainda o advogado que o seu sumiço de pouco mais de três anos não relevava para que o considerassem ausente. A lei apenas se conformaria com a situação se tivesse decorrido o lapso de tempo de trinta e cinco anos, desde o dia do seu sumiço. Compulsando, Costumado afirmou que todos os outros casamentos que a falecida celebrou em vida eram inválidos. Daí em diante, Belchior constituía-se cabeça de casal e herdeiro da universalidade daqueles bens; a lei lhe outorgava plenos direitos de praticar todo o tipo de liberalidades.

◦────────◦────────◦

No mesmo envelope entregue pelo director da prisão aos viúvos, afinal constava ainda outra parte do espólio, desta feita um testamento dirigido às suas confreiras.

"Caras amigas, minhas confreiras donas: aos meus maridos, peço-vos que não os deixem em paz, peço-vos que tomem-lhes como a riqueza do subsolo, como as águas territoriais, peço-vos que expremam-lhes, suguem-lhes até à última gota; vistam-lhes com as cores da bandeira da nossa república, para que os soberanos olhem-nos por eles o nosso direito ao livre arbítrio. Se os soberanos nos contraporem com os direitos humanos, com as liberdades civis, dizei-os então, a magistrada destas terras sou eu, e que a segunda instância não cabe aos nossos amos, o caso dos nossos maridos é o nosso arbítrio e não cabe debate com terceiros, cartas de apelação, registos expedicionários; se eles pugnarem por reclamações dizei-os na língua que nos obrigam a falar e não aceitam que escrevamos com a desordem e liberdade que nos

aprouve, que aos nossos maridos, aos mármores que usamos em nossas casas, assiste-nos a direito de lapidá-los à nossa medida, dizei-os injusto é o país que nos obrigam a ser sem ter havido referendo no vasto mosaico de nações que somos, às rainhas que nos obrigam a prestar vassalagem dizei-os não houve concurso de beleza que nos elegessem, nem houve da nossa parte um tratado que nos conforme a aceitá--las, não fizemos campanhas a favor nem houve discursos dos nossos ancestrais que acedessem a obediência à Sua Alteza, e se há nisto alguma ilegalidade, dizei-os que desde a chegada dos barcos elementares, desde o início em que descobriram a porta do nosso mar e das nossas terras, sem um pedido de licença a anteceder a chegada houve libertinagem, o desvio da rota para a Índia, que nenhum Supremo Tribunal de Justiça condenou, a importação de culturas e costumes alheios como se tratassem de artigos de consumo, os usos e costumes dos gentios que se tornaram proibidos sem que eles nunca tivessem pedido para serem iguais ao que se considera uma cultura superior, que nenhum Supremo Tribunal de Justiça condenou; que os senhores liberais tomaram para si donzelas em números que lhes aprouveram, que nenhum Supremo Tribunal de Justiça condenou, o desvio da rota das índias para Sena, Quiteve, Sedanda, Ofir, que nenhum Supremo Tribunal de Justiça de Roma condenou, o consumo de carne nativa das coxas, a impureza que uns cometе-

ram sob a sagrada escritura, que nenhuma inquisição condenou, a ética cristã sempre altiva que nunca pestanejou, que os reinos em muitos casos controverteram que os gentios andassem de tanga, para lhes tirarem a auto-estima; perguntai-os se a eles não soa contraditório chamarem cafres e gentios àqueles que, apesar de condenados a desaprecio, cruzam com eles e produzem uma raça bela, nunca antes vista neste chão; perguntai-os se não há pudor de fazerem justiça com leis que ignoramos, se nunca nem jamais a posse desta nossa terra, conferida diante ao notariado em Berlim, não foi subscrita nem validada por Deus, cujo nome eles invocam para darem cobertura ao selo do notário que negligentemente Lhe preteriu a presença, não Lhe exigiram competente opinião antes de cometerem as liberalidades que os arrastam até cá, e o que por tabela somos arrastados a seguir, como coniventes de muitos males que assentam sobre estes emersos vales dos Rios de Cuama".

Ao cair do pano. Um pormenor legal que transforma tudo quanto se disse antes numa ficção e isenta o protagonista e o narrador de quaisquer responsabilidades. Onde se denota que algumas peças da pirâmide invertida, que completam o *puzzle*,[139] são abandonadas às margens do Rio com crocodilos a secarem-se ao sol.

---

[139] Quebra-cabeça.

20

O padre jesuíta Joaquim Monteiro fez-se à morgue[140] de Quelimane, na companhia de quatro pretos, uma miúda mestiça de três anos, de quem ele dizia apenas filha da negra Amina, esquivando-se à paternidade. Usava a sua sotaina de prelado. Como é da praxe endereçou pesares ao desafortunado "esposo" — o pudor e os costumes brandos ocidentais não recomendavam que a coisa fosse posta no plural, daí o "conselho dos maridos" ter atempadamente endossado no Lopes o estatuto de "cabeça de casal". Sobre uma bancada com suporte de quatro pés de madeira, os quatro pretos vestidos de preto colocaram o caixão de sândalo de Dona Luíza, falecida por um enfarte de coração. O prelado cobrou orações. Benzeu a falecida e atribuiu-lhe o sacramento de santa unção. Depois de uma breve oração fez um sinal delicado para que os quatro *cafres* a levassem pelos ombros, ao cemitério daquela vila, mas antes, em derradeira homenagem, fizeram-lhe um cortejo, que os levou a calcorrearem a pé as principais ruas da mesma. Apesar de a morgue distar mais de três quilómetros do lugar, fez-se a procissão, a pé, para a última morada. Durante três horas, trinta minutos e seis segundos, as ruas tornaram-se pejadas e entupidas de gente, e a temperatura

---

140 Necrotério.

quente, com uma humidade forte, castigava a turba; acreditava-se, com isso, que a malograda dentro da tumba, implorava por um abanico de penas de avestruz aos céus e aos santos apóstolos, já que era seu apanágio servir-se deles. A multidão de *cafres* que se fez às ruas queria vê--la e acenar-lhe, em derradeiro reconhecimento; outros, incrédulos, ali estavam para tirar a prova da sua morte, por isso, ansiosos, espreitavam para o caixão adentro, onde estirada ela mais parecia tomar banho de sol; o corpo invocava uma esfinge egípcia, cor de cereja vermelha, a transpirar saúde como quem gozasse de fé de vida. Os dedos cobertos de oito anéis de ouro, que só ela sabia representarem o sacramento de união com os seus maridos. As unhas cortadas tal como ela gostava. O vestido luzia muito bem. Os cabelos entrançados a duas raias. Amortalharam-na com seus melhores panos marchetados a oiro.

 O viúvo António Lopes seguia à cabeça da procissão. Ao lado o "Brinquedo da Dona Luíza". Cangarra escoltava-a, atrás do último duo que suportava o féretro, um pouco mais atrás ia a Chiponda, acompanhava-a agora o Rondinho, seu novo marido, que a desposou em quintas núpcias. Chiponda ia a chorar, a chorar, como a multidão dos demais colonos e *cafres*, de *donas*, senhores e *muzungos*, a desdita da *dona* do Goengue, que recebeu a água benta, antes de descer ao chão que a engoliu.

 Nesta mesma noite uma chuva torrencial caiu sobre Quelimane, ao que os *cafres* atribuíram tratar-se de lágrimas de Deus, um facto sem precedente na história daquele lugar.

◦─────◦─────◦

No dia do funeral de Dona Luíza, lembrei--me, por diversas vezes, das noites africanas nas terras do rei Ngola, nas terras *masais*, nas terras dos pigmeus e dos *hotentontes* e dos *bacongos*, lembrei-me da afabilidade dos ndebeles, da tenacidade dos *xhosas*, como se o ciclo estivesse a fechar. Lembrei-me da beleza forte da paisagem das montanhas e do azul pardo da escuridão dos Grandes Lagos; da lua cheia nas choças de base redonda; lembrei-me também dos mistérios na *aringa* dela, onde ela se prezava de ser anfitriã das boas noites africanas com os *n'gomas*, na língua do lugar batuques, cujos protagonistas costumavam ser a chusma dos seus escravos e lacaios, opulentos nos movimentos dos corpos, mas em função meramente decorativa. Ela não desperdiçava de mostrar a sua opulência, nos grandes banquetes que oferecia, rondando uns trinta pratos à refeição. Nos terreiros das suas *aringa*s, onde se juntavam os convidados e as convidadas, entre eles os colonos *muzungos* de alta condição social, trajadas de vestidos clássicos as *donas* mais chegadas, acompanhadas dos seus maridos, vindos das áreas contiguas, agora o cenário era do mais terrível abandono. Nos dias do quarto minguante, recordei-me, aqueles terreiros enchiam--se de vozes e de sons, da luz dos vagalumes, e então os convivas deliciavam-se com a boa destreza dos dançarinos e das dançarinas descalços e de troncos a descoberto, alguns mesmo de tangas e seminus. Muitos dos colonos que participavam daqueles serões eram demandantes de Goengue, o apeadeiro obrigatório dos comboios de barcos e de passageiros; por certo entre eles havia alguns turistas e aventureiros, que encontravam naquelas casas a pousada segura, para depois seguirem quer a montante quer a jusante do grande Rio. Na altura, a coisa que mais me fascinava nos gentios era a alegria incomensurável, a solicitude com que brindavam os clientes, os hóspedes e os convidados de luxo de Dona Luíza, perante o olhar sempre altivo daquela Mulher, obcecada pelo controlo dos seus maridos, que tinha sempre à mão cinco escravas a manejar-lhe os abanicos com desenhos de tulipas, arejando-lhe o rosto e o resto do corpo. Consta que aos referidos *n'gomas* sobrevinham o interesse principal de garantir aos mancebos reinóis donzelas negras que os apaziguassem dos tormentos da solidão, já que as lúgubres e cobardes hienas ululavam e gemiam pelas noites adentro, como se na expectativa de se alimentarem da carne deles. Os chacais, as hienas e as raposas que os aterrorizavam encontravam-se aqui, além e um pouco por todos os lados. Tirando este facto e a evidência dos *n'gomas* terem sido bastante concorridos pela classe dos hóspedes, na morte de Dona Luíza ruía a ideia da República dos Prazos.

  Ficou-me na memória a pousada de Dona Luíza, emersa e com um sem-número de quartos. As escravas dela eram amáveis e estimavam os muzungus. Andavam com panos da largura de dois palmos, cobrindo o púbis. Pelas manhãs, era sem surpresa que os corredores dela ficassem entupidos daquelas vistosas e exuberantes pretas (permita-me a insistente intrusão do termo pretas; é elucidativo para quem bem se dispuser a enxergar, o recurso que deles faziam os racistas confessos), a disputarem cotovelo com cotovelo as passagens pelos seus corredores estreitos, para tratarem de oferecerem aos hóspedes água quente e o pequeno almoço, já que os serviços domésticos eram a principal tarefa delas.

 A despeito daquelas noites, não seria de ignorar que Prudência tivesse sido uma das mais atraentes e voluptuosas escravas de Dona Luíza. Esta, na casa dos trinta, cultuava certo zelo, algo excessivo e brutal, contra Prudência, cujo corpo, agora rígido e hirto, dos seus dezoito anos, lhe fazia recordar a plenitude da sua doce juventude. E como Prudência dormia numa ou noutra choça dos quintais daquelas que foram as suas duas casas grandes, Dona Luíza acreditava de forma alucinada como doentia que Prudência reincidia no venial pecado de se deitar com Belchior e os seus demais maridos. E o fruto não poderia ser outra coisa senão o filho mestiço que Prudência dera à luz. Já que eram todos os maridos dela que gozavam do luxo da casa e das empregadas daquela, em Goengue dizia-se em voz baixa que o pequeno mestiço foi gerado debaixo daquele tecto de palha de palmeira entrelaçada. E não era de espantar a obcessão com que se acreditava que o pequeno tivesse o nariz esparso de Belchior, a emersa orelha de António Machado, os lábios finos de António Lopes. Ela acreditava piamente que nos dedos delicados do menor estavam os genes louros semelhantes aos do Boas, no pranto estava a voz tonitruante[141] do Augusto de Andrade, no rasgo da gargalhada perpassava Mateus de Aranda, a ampla testa era uma reminiscência, resquício do Duarte e Pinto. Um menor que tinha a particularidade de reunir na sua franzina pessoa a universalidade dos homens grandes que a encantaram e a fizeram viver fantasiosa e deliciosamente aqueles momentos de infortúnio com esperança, embora na Prudência sobrevisse a dor pelo que Dona Luíza a sujeitara a látegos no pelourinho. E mais do que isso, a Prudência custou o suposto despojo do menor dos braços da mãe e a oferta do mesmo às mandíbulas dos crocodilos, pois daí em diante ninguém mais o tornou a ver.

O funeral de Dona Luíza coincidiu com a ressurreição do Rapozo, a quem vinha habitualmente tratando por Abundâncio. Naquele dia, o moço de recados Abundâncio cedeu a Rapozo, que há dois anos, oito meses e oito noites era revel das autoridades portuguesas, com a cabeça a prémio, por cumplicidade nos crimes de oitenta

---
[141] Que fala ou canta com estrondo.

mortes que imputavam à impiedosa Mulher. Soube que este trânsfuga procurado vivo ou morto, era um verdadeiro personagem de romance. Antes de passear-se disfarçadamente por Quelimane, usando um chapéu-coco, uma vez mais fez-se por advertir-me e a muitos outros presentes que lhe chamássemos pelo nome que utilizei durante a narração, atrás do qual ele se escondeu para comigo ir até à terra dos *maparapatos*, como também são conhecidos os *macuas*, os gentios de Nampula e das ilhas adjacentes, incluso os da cidade de Moçambique. Pesava sobre ele o crime de autoria directa das oitenta mortes, que Caldas Xavier, um proeminente militar português, desqualificou, atribuindo-as e relacionando-as à imaginação e insinuação febril de Augusto Castilho. Xavier evocou os serviços de Dona Luíza à coroa, alegando que ao contrário da revelação de Castilho, aquela era boa vassala. Destacava-a pela cedência dos seus guerreiros nas várias guerras com os chefes vizinhos, com isso detendo o avanço dos *makololos* e dos *ngunis*, povo este emigrado do sul e resignado ao *m'fecane*, antes destes ocuparem vários prazos na margem sul do Zambeze, ao que Dona Luíza resistiu, participando ela própria de muitos dos combates. Xavier municiou-se de depoimentos sobre a passagem por Guengue, do espião Dúlio Ribeiro, patrocinado por Castro, que até ao último minuto da sua vida acreditou que a violência seria útil para atingir o seu fim. Não fosse a instigação dele, jamais informações envenenadas teriam chegado a Castilho. Contra isto, Xavier destilou um atestado que a converteu numa heroína:

— De resto, quantas vezes foi a célebre, intrépida e fiel D. Luisa do Goengue, irmã do verdadeiro Bonga, acusada de traição?

Um ônus de prova tardio.

— E se te identificarem como o Rapozo, o que irás fazer? — perguntei eu ao meu antigo comparsa de viagem, enquanto pelo portão do cemitério chegava, e aos tumultos, a chusma dos arredores mais chegados a Quelimane e seus arrabaldes.

— Muito do que está a ocorrer aqui neste cemitério é pura encenação, mas hoje é o cair do pano. Os espias terão aqui a sua sepultura, não a defunta, que vive dentro de mim. A esses estranhos, quando há facturas, pagamos injustamente por culpas alheias, porque não os gerimos como deve ser.

Ri-me disfarçadamente dessa convincente afirmação, naquele momento em que o corpo de Dona Luíza beijava o chão da cova. Ainda nem o corpo dela beijava o chão, quando ouvi de uma conversa arrazoada, entre a multidão de insolentes gentios, vestidos de camisas que tapando apenas as barrigas, não impediam que se pudesse ver completamente nus da cintura para baixo, com um retalho pequeno tapando as partes pudibundas, e, ainda assim em pranto:

— Ché! O enterro de mulata no cemitério dos *muzungos* transformou-a em *muzunga* de vez!

— Ché! Para ser branco na terra de mussenge não custa: é só ganhar cemitério no chão dos *muzungos*.

— Ché! Morrer só não chega; se quisermos dignidade, mais vale falecer em casa de quem nos tem por seus amos.

— Ganhar chão no cemitério dos brancos parece coisa fazível, mas é desaguentável, senão mesmo complicado!

Os maridos de Dona Luíza, vestidos de fatos pretos, largaram a chorar, pois o amor que os nutria era uma doença que a mente não podia desafiar. O pranto alagou o cemitério de Quelimane, de tal modo que a terra parecia submersa num dilúvio, irreverente para recebê-la.

Uma das minhas predilectas ocupações, em tempos livres, era escutar o rio, as mais ténues vagas que imitam as cachoeiras.

Nos dias que se sucederam ao enterro de Dona Luíza, como nos meus primeiros tempos de cônsul do Reino Unido em Quelimane, à hora mágica do pôr-do-sol, fazia-me eu à marginal da cidade, onde tinha o Rio dos Bons Sinais a jusante. Nos meus tempos de munícipe de Quelimane, prezava o rio como o mais belo lugar de encantamento, pois, às suas margens, a natureza nos oferecia o mais alucinante e o mais sagrado espectáculo, com quatro protagonistas de nomeada a bailarem a valsa, o tango: o sol, a lua, o mangal e a água. Aqui, na maior das destrezas, a fauna dos citadinos empoleirados na muralha e nos bancos, deleitava-se a ver os batelões e lanchas; que os capitães, na sua destreza, moviam. Quais dançarinos, malabaristas, faziam-nos sulcar as águas mansas e preguiçosas do Rio dos Bons Sinais. Aquela enorme e prateada garganta de água salgada, que é uma laguna impressionante aos olhos dos enamorados e das famílias locais que encontram aí um palco de conforto e brilho da mãe natureza. A turba contemplava ainda o porto servido por guindastes a vapor. Os vendedores ambulantes negros, a ressentirem-se da escassez dos clientes, pasmados ante as raparigas belas.

Nos dias que se sucederam ao enterro de Dona Luíza, eu me devotava a esse higiénico lazer, para compensar as noites mal dormidas e as horas monótonas, enquanto me sentia tomado pelo flagelo das febres terçãs, num delírio quase transcendental, pelo qual a laguna se transfigurava num dos rios da minha Escócia natal. Não era senão com doçura que me assomava à muralha, para ler a correspondência a que tinha que dar vazão da minha caixa postal, nos correios e telégrafos, na parte central e branca da urbe. Era com uma dose de frustração que eu encarava o facto de toda a correspondência de Dona Luíza me ter sido escrita pelo seu confidente. E para afogar o mar da frustração, sempre trajado a rigor, chapéu de coco castanho com um laço negro na lapela, camisa branca de fundo e por cima uma casaca castanha, calças castanhas, sapatos pretos, eu fazia a minha volta dos tristes. O ciclo terminava na Rua da Fábrica, onde havia estabelecimentos e manufacturas dos goeses, com as suas casas de pau-a-pique. De costume, enchia de tabaco o fornilho do cachimbo e lá, intermeando uma e outra baforada, o meu passeio corria entre o tráfego das zorras e tipóias e *manxilas*, levadas pelos pretos. Acabava na Liga Naval, onde estava estabelecido um clube de inspiração britânica. Era o local o verdadeiro centro social das elites mais aristocráticas. Naquelas tardes monótonas, para esquecer-me do infortúnio que me abalava, eu ingeria doses contínuas de *whisky,* devotado em partidas de *bridge* e *canasta* que disputava com os meus patrícios muito abastados, que encontravam na aposta uma forma de esbanjar os enormes lucros que detinham em diferentes negócios por estas terras emersas. Pelo menos, antes de voltar a tomar a minha zorra, no que seria o regresso a casa, eu voltava a inebriar-me, nas tintas para com as febres terçãs, que pressagio, irão matar-me. E, sobretudo, enquanto durava a embriaguez, corria por mim a silhueta esbelta da sempre altiva e incrivelmente bela Dona Luíza. Por mais que eu pretendesse prolongar o meu rotineiro passeio, só me ficava a peã vontade. Quelimane a que me refiro tem duas avenidas, de não mais do que um quilómetro, treze ruas, três praças e dois largos, cujo ciclo, de lés a lés, poderia eu percorrer com duas mil passadas. E sempre com o coração às pressas e aos tumultos, por causa da erosão que aquela morte se abrira dentro de mim, rasgando uma cratera com lágrimas que sulcavam por elas, sulcavam-me por dentro e por fora.

○──────○──────○

Ainda nos meus derradeiros dias de cônsul, entretanto, foi decretado o abolicionismo da escravatura. Eis que caminhando errante por uma das ruas de Quelimane, esvaído num lençol de lágrimas, numa tarde eu buscava por mim próprio. O cenário das estradas, que pareciam desembocar em parte nenhuma, era de um exotismo arrebatador. Homens e mulheres europeus circulavam como se estivessem numa cidade do hemisfério norte. Os cavalheiros envergavam combinações de calçados, fatos, casacas e chapéus de coco, e as damas brancos chapéus e luvas. Muito ao acaso, me iria cruzar com Belchior. Ele ia de fato preto, óculos escuros. Depois de o ter interpelado, ele confessou-me que já tinha cedido a emancipação aos seus escravos, prescindindo até da indemnização da globalidade de servos que detinha. Naquele instante, recordei-me de uma espontânea profecia da falecida: *Quem tem dono não é dono da carga que leva às costas.* O que se viria a confirmar. Nem o próprio Belchior estava à coleira de Dona Luiza. Distantes eram outros tempos, em que me contara Dona Luíza, firmara ela um pacto secreto com o Governador de Quelimane, Jerónimo Romero. Consistia em dispor aos portugueses de suas milícias formadas por gente preta, na qual o comandante cego Belchior do Nascimento, encabeçando-as, vincaria a sua grande qualidade de guerreiro nato, na ocupação das duas ilhas do Estado de Massangano. Foi com duzentos homens à frente da batalha. Perguntei-lhe: — Como um cego poderia dirigir um exército contra o temível esquadrão do Bonga? Ela respondeu-me: — No campo de batalha, muito misteriosamente, servindo-se do seu forte olfacto, o cego Belchior adivinhava a posição do inimigo e, pactuando com os portugueses, dava ordens por onde os flanquear. Ele falava sobre como um bom general deve fazer a guerra. Que a guerra não deve nunca ser um fim em si, mas uma possibilidade, uma opção de ganhar a paz. E quando se opuser um obstáculo como entrave à saída, ao menos deve restar uma porta perante ele: a porta da evasão da letalidade. A possibilidade de escapar-se à morte. Assim Belchior pensava. Com a perícia de um franco atirador, identificando o cheiro dos soldados rivais, disparava e acertava no alvo. Mas como uma virtude nunca vem só, na adivinha e no instinto estava a chave das vitórias, no sonho estava o defeito. E com isso forneceu à mulher informações valiosas acerca dos planos militares dos portugueses. Deste modo, Dona Luíza partilhou-as com Motontora, que as fez chegar ao Bonga, sem que disso ela tivesse consciência. Deste modo resultara violado o pacto com os portugueses.

    Dias antes da prisão, perguntei a Dona Luíza se havia localizado o exímio Belchior:

— Está a combater ao lado de Massangano, contra os portugueses.
Inquiri-a:
— Como é que um cego pode fazer uma guerra se não vê?
Respondeu-me ela:
— O sucesso de uma guerra não depende de ter ou não arma, de ter ou não olhos de ver; até porque a cegueira é uma arma de grande letalidade contra os iníquos. O êxito da guerra, como o do amor, está na intuição mágica com que se avança, ou se recua, num salto que culmina com o ondear da bandeira da vitória. O instinto e os sentidos têm na alma os seus serviços, a alma com a qual capta a frouxidão ou a tensão dos oponentes, a rendição. Foram as batalhas feitas às cegas que o tornaram um dos maiores vencedores dos mitos da história.

Dias depois vi Belchior passar ao largo. De mãos atadas a Prudência, que se lhe enlaçava; a mão feita uma corda, entre os dez dedos que os unia de amor, numa passada lúgubre de missal, iam visitar a sepultura de Dona Luíza. Pensei: o passado assemelha-se a um rio, à sua história esculpida à espátula; na passagem, o golpe que cava deixa uma recordação.

Junto aos pés deles, quatro, no máximo seis a oito andorinhas, saltitavam num ar de inquietude, de nostalgia, sem conseguirem esconder inevitavelmente os seus olhos pasmados.

Fonte:
Georgia
Papel:
Cartão LD 250g/m2 e pólen Soft LD 80g/m2
da Suzano Papel e Celulose